读客

读客科幻文库

跟着读客读科幻，经典科幻全看遍。

地海传奇 | 第③部 | Earthsea Cycle 3

地海彼岸

The Farthest Shore

Ursula K. Le Guin

[美] 厄休拉·勒古恩 著

蔡美玲 译

江苏凤凰文艺出版社
JIANGSU PHOENIX LITERATURE AND ART PUBLISHING, LTD

厚坚
博茨
欧司可海峡
梭瑞司克
挪斯特
碎石礁
依波司可
突普
拉英
德群岛
偕梅
道恩
安丹登山
彼西
伊彼西
帕恩
革梅
贝茨
帕恩海
娄叟
艾伯恩
斜辟墟
托宁
下托宁
厚斯克
蟠多
奈墟
九十屿
卓干
吉斯
安丝摩
瑟得
帕迪
瓦梭
西勒
德黑门
纳维墩
偕勒多
偕勒多之门
欧农
乌里
龙居诸屿
乌西翟洛
黎斯克
耶逖
印嘎特
托林峡
昂图哥
西陲
开尔突
阿林思
邻开尔突
法尔突
西姆利
阿巴
节西济
沙岛
洛拔纳瑞
欧贝侯
南陲
威勒吉
长沙丘
远叟

鲸屿
寇摩寇米
施米奇
列夫
北恩瓦
索特
南恩瓦
N
NW
NE
W
E
SW
SE
S
阿勒诺群岛
别瑞斯韦
北 陲
山脉
腓林斯
安卓群屿
内玄
英拉德之领
北齿列屿
欧兰扎
卡耳格帝国
胡珥胡
南齿列屿
锐亚白
安卓
佩若高
麦斯雷斯
欧瑞尼亚
阿耳河河口
弓忒
东港
伊亚
坎渤
弓忒港
司贝维
珥尼尼
伊比亚
海
陵墓
托何温
阿瓦巴斯
峨团
巴尼斯克
瑞文尼亚山脉
卡瑞构
伊斯可
欧恩山
托里口
青伯口
手岛
威岛
欧查德
飞克威
海峡
飞克威湾
虚里丝
撒丁
肥米墟
威马施
芬围
偶托克尼
米墟港
悦儿
佩丽蓝
斯乃哥
攸尼海岭
外依蓝
港
偶岛
封闭海
东 陲
意斯美
远托利
托壳
易飞墟
狗皮墟
猴圃
扣儿圃
攸尼
殷司莫
卡圃
纳密恩
阿普索
塞力特列屿
索德斯
弥斯克
罗洛梅尼
瓦梭
嘎勒
都涅
培拉莫
够斯克
大南礁
寇内
耳岛
埃斯托威
开阔海

献给

伊丽莎白、卡洛琳与提奥多

目录

第一章

山梨树

THE ROWAN TREE

涌泉庭内，三月煦阳穿透白杨树及榆树的嫩叶，怡人眼目。泉水在阴影与光亮之间，喷涌淌漾。这露天内庭的周围是四面高耸的石墙，石墙之外有诸多厅室、院落、甬道、穿堂、塔楼以及柔克学院“宏轩馆”的厚重外壁。这层厚壁耐得住任何战火、地震与海潮的侵袭，因为它不仅是以坚实的石材打造，还明显添注魔法。柔克学院是“智者之岛”，是传授魔法技艺的地方。因此，宏轩馆等于是巫艺学院，也是巫术中心之所在。至于宏轩馆的中心，就是这个远离外墙的小内庭。这里，喷泉恒涌，树木终年昂立于晴日、雨水或星光之下。

距离喷泉最近的树，是株壮硕的山梨树，它的根柢隆茂，高高隆起，撑裂了大理石地面。裂缝被鲜绿的苔藓填满，一条条一缕缕，由密草滋长的喷泉池向四方伸展。有个男孩坐在长着青苔的低矮大理石座上，他的目光跟随喷泉中心的水柱起落。这男孩几乎已经成人，但究竟是少年。他身材颀瘦，衣着富贵。他的面容一定是在金色的古铜中熔铸过，才显得那么模塑精良、那么安定沉稳。

他背后大约十五步距离，在内庭中心那块小草坪的另一头，有个男人似乎正“站”在树下，由于光影跃动，很难确定。但可以确定的是，那里有个纹风不动的白衣男人。男孩凝望喷泉时，这男人也在凝望着男孩。四下悄然静定，只有树叶轻舞、流水戏跃以及喷泉不歇的歌唱。

男人上前，微风轻拂山梨树初发的嫩叶。男孩敏捷地跳起来站好，向男人鞠躬行礼，尊称一声：“大法师。”

男人在他面前停步。这男人不高，但躯干挺直有力。他披了一件有帽兜的羊毛白斗篷，斗篷帽兜垂肩，露出脸庞，面色赭红，鹰钩鼻，一边脸颊有疤，眼神锐利，语声却十分轻柔：“这涌泉庭是个宜人的歇脚处。”男孩没来得及道歉，他又接着说，“你远道而来，尚未休息，就继续坐吧。”

他跪在白色的池沿，伸手碰触由喷泉高盆流下来的一圈闪亮水滴，让泉水由指间流下。男孩坐回隆起的大理石上。两人片刻无语。

“你是英拉德岛与英拉德群岛亲王的公子，莫瑞德领主的后裔。”大法师说，“地海群岛最悠久、最磊落的世袭传承，就数你们家族了。我见过英拉德岛的春季果园、贝里拉的金色屋顶——大家都是怎么叫你的？”

“他们叫我‘亚刃’。”

“那应该是你们岛上的方言用语。在我们的通用语中，指的是什么？”

男孩回答：“是‘剑’。”

大法师点头。两人再度静默不语。后来是男孩先开口，既非无礼，也无胆怯：“我以为大法师通晓所有语言。”

男人注视喷泉，摇头。

“也知道所有名字——”

“所有名字？唯有说‘太初语’，从深海举升诸岛的兮果乙，才知道所有名字。”男人炯亮锐利的目光盯着亚刃的脸庞，“当然，假如有必要知道你的真名，我自然会知道。但目前没有必要。所以从现在起，我就叫你‘亚刃’。而我是‘雀鹰’。你搭船来，旅途如何，告诉我一下。”

“太漫长了。”

“海风恶劣吗？”

“海风倒平静，是我背负的消息恶劣，雀鹰大人。”

“不妨说说看。”大法师郑重其事说着，神情像是对孩子的没耐心抱以宽容。亚刃述说时，大法师再度注视由高盆往低盆流注的透明水帘，倒非没在听，而是仿佛聆听的不只是男孩的话语。

“大人，您知道，我父王是巫师，他是莫瑞德的后代，年轻时曾在柔克学院这里研习一年，所以拥有一些力量与知识，只是由于专心统辖领地、管理城镇与贸易事务，因而很少使用巫艺。我们岛屿的船队代代西航，甚至远达西陲，从事蓝宝石、牛皮、锡矿等交易。今年初冬，一位船长回到贝里拉城，带回一些见闻，家父得知一二，便派人请这位船长来详细说明。”男孩说话利落自信，他从小接受宫廷式的严谨教导，完全没有一般少年的羞怯，“那位船长说，在我们岛屿以西，大船航程约五百里的纳维墩岛上，已经没有魔法存在了。他说，法术在那里没有力量，施展巫术的字词也遭遗忘。家父问他：是不是术士和女巫都离开了岛屿？他答说不是，因为岛上仍有些人曾是术士，但他们施不出法术，连用来修补锅壶或寻找遗失针凿的咒语也不会了。家父又问：纳维墩岛的岛民没有惊慌失措吗？船长再度否定：岛民好像完全不在乎。他说，岛上情况真的很怪异，秋收不好，但大家觉得无所谓。我在场亲耳听见船长说：‘他们一个个像病人。就好像有人告诉他们，不出今年，他们一定会死；但他们却告诉自己：那不是真的，他们会永远活下去。他们四处晃荡，个个捂起眼睛不看世界的真相。’别的商人回来，也讲述着相同的状况，都说纳维墩岛已经成了一座穷岛，而且丧失了巫艺。但这些都只是陲区的传闻，而陲区一向流传着很多奇闻异事，这回只有家父认真地考虑了这个传闻。

“后来，到了新年的那一天，也就是我们岛上举行羔羊节的日子，各地牧羊人的妻子把饲养的初生羔羊带来都城，家父指示巫师鲁特去为那些羔羊施增产术。但事后，鲁特很泄气地回到殿内，放下巫杖，说：‘大王，我讲不出法咒。’家父问他详情，他只能答复：‘我记不起咒语及形意。’于是家父去市场亲自施咒，节庆才得以完备。但那天傍晚他回到宫中，神情疲乏，向我表示：‘虽然我念了咒语，但我不知道那些咒语有没有意义。’今年春天，羊群状况果然凄惨：母羊生产时死亡，很多羔羊是死胎，而有的——是畸形。”男孩原本自在热切的语调陡然滑落，讲到“畸形”一词时，他眨眨眼、咽咽口水，“我亲眼看到其中一些。”他说完，沉默半晌。

“家父相信，这个迹象，还有纳维墩岛的情况，显示我们这区域有某种邪恶在作怪。他渴望听取智者建言。”

“令尊派你来，就说明他的渴望相当迫切。”大法师说，“你是令尊的独生子，何况，英拉德岛到柔克岛的航程并不短。你还有事要说吗？”

“只是一些山区老妇的传言。”

“那些老妇说了什么？”

“她们说，所有的算命女巫都在烟雾和池水中看到厄运，而她们配出来的春药都出差错。不过，她们不是那种会地道巫术的人。”

“算命和春药虽然不太值得重视，但老妇人的话倒值得一听。好，你捎来的这些信息，柔克的师父们会严肃讨论的。不过，亚刃，我不晓得他们能给令尊什么建言，因为英拉德岛不是头一个传来类似消息的岛屿。”

亚刃这趟旅程，由北而南，途经黑弗诺大岛，穿越内极海，才抵达柔克岛。这是他生平第一次远行，出生到现在，只有这几个星期，他才终于见识到与家乡不同的土地，才头一回觉察到“距离”与“差异”，也才明白：在英拉德岛宜人的丘陵之外，还有广阔世界与众多居民。他尚未习惯把世界想得很大，所以听了大法师的话好一会儿，才领会了意思。

“还有哪些地方传来类似消息？”他有点惊愕受挫，因为他原本希望马上为家乡英拉德带回立竿见影的对策。

“头一个是南陲。后来连群岛王国南边的瓦梭岛也出现类似情况。人们传说，在瓦梭岛已经完全施不了法术了。但事实如何，很难确定，因为那岛屿一向不服管束，常年海盗横行。一般人常说，听南方商人讲话，无异于听骗子讲话。但无论如何，各地传说都相同，就是：巫术的泉源干涸了。”

“但柔克岛这里——”

“我们柔克岛完全没有感受到这样的状况。这里有防卫，不至于受到风暴、变动和灾厄的侵袭。或许保卫得有些过于周密了。王子，你现在有什么打算呢？”

“只要能为家父带回确凿的结论，让他明白这个灾难的性质及对应之策，我便立刻动身返回英拉德。”

大法师再度打量男孩，但这一回，尽管有过去的诸多训练，亚刃仍移开了目光。他不明白为什么会这样，因为大法师那对黑眼睛的凝视中，毫无不善的成分，既公平宁静，又慈悲怜恤。

全英拉德的岛民都翘首仰望他的父亲，而他是他父亲的儿子，所以，假如有人注视他，也是把他看成堂堂英拉德岛的亚刃王子、掌权亲王之子。从来没有人像这样注视他：单单纯纯当他是“亚刃”而已。他不愿承认自己畏惧大法师的凝视，但他就是无法迎视。那凝视好像把他周围的世界扩大了，于是乎，不但英拉德岛显得微不足道，连他本人也是如此。此时，在大法师眼中，他仅仅只是一个渺小形体，处于四面环海、黑影遮天的群岛背景中，真的非常渺小。

他坐着，随手拉扯大理石裂缝里的新鲜青苔。不久，他听见自己这两年刚转为低沉的声音，微弱沙哑地说：“我会遵从您的吩咐。”

“你该遵从令尊，不是我。”大法师说。

他两眼仍定在亚刃身上。这时，男孩也抬头看着他。表达了归顺之意，也就忘却了自身渺小，大法师的形象也能看得分明了：这位是全地海最显赫的巫师，曾为方铎墨井安妥井盖，自峨团陵墓取回厄瑞亚拜之环，建造内普岛地基深厚的防波堤；亦是熟谙东自埃斯托威岛、西至偕勒多岛各水域的水手；更是当今硕果仅存的龙主。他，正跪在喷泉旁边，个子矮、年纪大、语音沉静、两眼深邃如夜空。

亚刃匆忙站起，双膝下跪，叩行大礼，有点口吃地说：“大师，容我服效于您。”

他的自信消失了，脸颊泛红，声音打颤。

他腰际佩挂一把宝剑，安插在一副有红金镶饰的崭新皮鞘内，宝剑本身朴实无华，剑柄是古旧而泛银色的青铜十字柄。他迅速拔剑，献给大法师，如同家臣向亲王效忠。

大法师没伸手碰剑，只向它注目，然后注视亚刃。“那是你的剑，不是我的，”他说，“而且你不是任何人的奴仆。”

“但家父说过，我可能得待在柔克学院里，直到弄清楚这邪恶的来源。说不定也学点法术，因为我一点技艺也不会。我不认为自己有任何力量，但我的祖先曾有人是法师。假如我设法学一点，或许能帮助您——”

“在你的祖先中出现法师之前，首先出现的是君王。”大法师说。

他站起来走向亚刃，步伐无声但矫健，然后拉住男孩的手，让他起来：“我感谢你提议为我效劳，虽然我现在没有接受，但等我和众师父商讨完毕，说不定会接受。慷慨心灵的奉献，任谁也不能轻率拒绝；莫瑞德子嗣之剑，同样也不能轻率撇开——好了，你去吧，刚才带你进来的少年会照料你用餐、沐浴、安歇。去吧。”他轻推亚刃后背肩胛中央，流露出一份不曾有人向亚刃表示过的亲密，此举倘若出自别人，这位年少王子必感嫌恶，但大法师的碰触则有如给予奖赏，因为他已满心倾慕。

亚刃是个活泼好动的少年，喜好各种游戏竞赛，需运用身体和脑筋的项目，他都擅长，且表现优异。各项礼仪和指挥责任，他也得心应手，纵然那些责任一点也不轻松、一点也不简单。但迄今为止，他倒还不曾把自己完全交付给任何人或事物。对他来说，事事都容易，而他也都能轻松完成。所以，凡事都如游戏，他也玩得起劲。只是此时此刻，他的内心深处有什么被唤醒了，却不是被游戏或梦境唤醒，而是被荣誉、危险和智慧唤醒，被一张有疤的脸、一个沉静的声音、一只握着巫杖的手所唤醒。大法师握持的那支紫杉巫杖，靠近手握之处，黑木之上凸显着银色印记，是历代君王的失落符文。这支巫杖蕴含力量，但大法师不以之自恃。

于是，亚刃告别童年的第一步，就在这一瞬间完成：既不瞻望，亦无后顾；没有提防，且毫无保留。

他连礼貌的告辞都忘了，只顾快步走向门廊，神色朴拙、焕发、顺服。格得大法师目送他离去。

格得在白杨树下的喷泉边静立片刻后，仰面遥望一碧如洗的蓝天。“和顺的信使带来恶劣的消息。”他声音半大不小，有如对喷泉说话。但喷泉没听，照旧用银色的水舌发声，侧耳细听的，反倒是格得。一会儿，他走向另一道门廊。刚才亚刃没看到那道门廊，事实上，不管怎么靠近观看，很少有人能凭肉眼看出那门廊。格得唤道：“守门师父。”

看不出多大年纪的小个子男人现身。这男人不年轻，所以只能说他年事已高；但“年事已高”对他也不适合，因为他面貌清爽，色如象牙，愉悦的笑容使两颊现出长弧。“什么事，格得？”他问。

现场只有他们两人，所以互相直呼真名。全世界知道大法师真名的仅有七人，守门师父是其一，其余六人分别是：柔克学院的名字师父；锐亚白镇的巫师“缄默者”欧吉安——很久以前，是他在弓忒岛的山上赋予大法师“格得”这个真名；弓忒岛的

“白女士”，携回臂环的恬娜；易飞墟岛一位名叫维奇的村镇巫师；同样在易飞墟岛上的一位名叫雅柔的女子，家具木匠之妻，两个女儿的母亲，不通巫术，但对巫术以外的事务非常在行；最后则是地海另一边，极西之地的两条龙，奥姆安霸与凯拉辛。

“我们今晚要集会一下，”大法师说，“我会去通知形意师父，也会派人去请坷瑞卡墨瑞坷，他也许不能亲自来。但他可以暂时搁下名字清单，让徒弟休息一晚。别的师父就由你负责通知了，可以吗？”

“行。”守门人微笑着说时，已消失不见。大法师接着也消失不见。只剩喷泉在早春的阳光中自说自话，平静安详而永不停歇。

在柔克学院宏轩馆的西边某处——或南边某处——总可以瞧见心成林。心成林在地图上找不到，也没有通路可达。只有知道通路何在的人，才可能去。但是，学院的一般见习生，或岛民、农夫，都可以见到它就在不远处。那是一片林木高耸入天的树林，即便在春天，翠绿的树叶也都带着一抹金色。而那些见习生、岛民与农夫，都认为那片神秘树林会不可思议地移动。其实那种看法是错的，树林根本不会移动，因为它的根基就是“存在”的根基。移动的，是根基之外的一切。

格得由宏轩馆步行横越旷野。正午骄阳当头，他脱掉白色斗篷。一位正在山坡处一片棕土上耕作的农夫举手向他敬礼，格得同样举手回礼。许多只小鸟飞上天空，吱吱喳喳；休耕地与路旁的星草花含苞待放。高空上，一只老鹰在天上画了个大弧，格得抬头仰望，再度举手，那只老鹰风驰电掣般笔直扑向格得伸出的手腕，以黄爪紧扣。它不是雀鹰，而是柔克岛的一种大型猎鹰，白色与褐色条纹相杂，善猎鱼。它先用一只圆滚金亮的眼睛侧看大法师，两喙互碰一下，再以两只圆滚金亮的眼睛直视大法师。

“无畏，”这男人用“创生语”对老鹰说，“无畏。”

大老鹰扣爪鼓翼，凝视他。

“去吧，兄弟，无畏的孩子。”

远处的蓝天下，山坡上的那位农夫早就停止耕作，专心观看这一幕。去年秋天他也看见大法师腕际停了一只野鸟，但一转眼已不见大法师人影，倒是目送两只老鹰在风中向高空盘旋飞去。

这一回，农夫定睛观看他们分开：老鹰飞回高空，男人步行越过泥泞旷野。

他步上通往心成林的小径。不管时代和世俗如何在它周遭扭曲变迁，这条小径永远笔直向前，只要循路直行，不久就可走入林荫。

有些树木的树干粗大无比，只要看见这种树干，谁都会相信心成林永远不会移动，因为它们简直像太古巨塔，虽不免因岁月而晦暗，但它们的树根好比山根。其中有些最古老的树，已是叶稀枝枯，可见它们并非永存不朽。但是，在这些参天巨木中，却也见到一些新生树木：有的高大遒劲，翠叶环生如冠冕；有的是瘦小幼苗，刚长了点叶子，高如女童。

树下的柔软土地，被经年积累的落叶铺满，而且长了蕨类或小株林地植物。但这里的巨树全属一个种类，地海赫语中没有这种树的名字。树枝下的空气，闻起来有泥土味但清新，尝起来宛如潺流的泉水。

格得与形意师父在林中某处会面。他们会面的这个空地，是多年前一棵倒下的巨树造成的。形意师父长年蛰居心成林，很少或根本不曾走出树林。他的发色呈奶油黄，可见不是群岛区的人。自从厄瑞亚拜之环寻回后，卡耳格帝国的蛮族就不再袭劫群岛，并且开始与内环诸岛和平贸易。卡耳格帝国人民天性高傲，不是友好的族群，但偶尔会有年轻战士或商人之子，基于冒险的心情或是对巫术的渴望，独自西来。十年前形意师父就是这样来的。他从卡瑞构岛来时，是个"配剑有红羽装饰"的蛮人，抵达柔克学院时，是个落雨的早晨，他二话不说，便用赫语向守门师父表示："我来学艺！"此刻，他正站在树下金翠交错的光线中，身形伟岸，淡色长发，白面绿眼，是地海的形意师父。

他可能也知道格得的真名，但并未说出口。两人默然相迎。

"你在那里看什么东西？"大法师问。另一人回答："蜘蛛。”

林地上，两株高挺的叶片中间，有只蜘蛛正在织网，一个精巧的圆已经悬构而成，银灰网线捕捉了阳光，蜘蛛在圆心等待，它仅是瞳仁大小的灰黑色小东西而已。

“她也是个形意家。”格得一边研究精巧的蛛网，一边说。

“何为邪恶？”较年轻的男子问。

圆形的蛛网和他那黑色的中心，似乎也在向两人注目。

“我们人类织造的网。”格得回答。

树林内没有小鸟啁啾，正午阳光下，万物静寂而燠热，树木和树荫环绕。

“纳维墩岛和英拉德岛都捎来消息，内容相同。”

“南方与西南方。北方与东北方。”形意师父说着，眼睛始终没离开那个圆形蛛网。

“今晚我们要来这里集合，这里是商议的最佳地点。”

“我没有什么建议好提供。”形意师父这时才正视格得，那双泛绿的眼睛倒是冷静，“这里的根底流露出畏惧，”他说，“这畏惧，令我担心。”

“说得是，”格得说，“所以我想，我们务必深入查看根源。我们浸沐在臂环复原所带来的和平中，享受阳光太久了。这期间所完成的，都是小事；所追求的，则是空泛。今晚我们务必探查根源。”格得讲完便离开，留下形意师父独自凝视阳光绿草中的蜘蛛。

格得到了心成林边缘。这里的巨木树叶向外伸展，亭亭如盖，超乎寻常。他背靠一棵遒劲的老树根坐下，巫杖横置膝头，双目闭合，状如休息，但其实是在暗传一份心灵密讯。这份密讯向北传经柔克岛的山丘与旷野，直抵那个海浪侵袭的岬角——“孤立塔”之所在。

“坷瑞卡墨瑞坷。”他在心灵密讯中呼唤道。受呼召的名字师父本来正向徒弟念诵树根、药草、叶子、种子、花瓣等的名字，中途从厚厚的名字书册中抬头回应：“大师，我在这里。”

语毕，他细心聆听。暗色的帽兜底下，只见一位高大瘦削的白发老者。塔房内写字桌旁的徒弟，个个举目看他，面面相觑。

“时候一到，我就来。”坷瑞卡墨瑞坷说完，再度低头看书，说，“好了。野生蒜的花瓣有个名字，叫‘伊贝拉’；萼片也有个名字，叫‘帕托拿’；花梗、叶子、根，都各有名字……”

野生蒜的各部位名字，坐在树下的格得大法师全知道。他收起密讯，舒展双腿，双眼仍合。不久，他便在叶影重重的阳光中沉沉入睡了。

第二章

柔克众师父

THE MASTERS OF ROKE

地海内环诸岛各领地的男孩，如果自幼显露巫术潜能，都会被送到柔克学院，进一步钻研更高超的魔法技艺。在学院里，他们学习名字、符文、技艺、咒语，也学习分辨该为与不该为之事及其中道理。如此日益精熟各种巫术，经过长久练习，等到身心灵三者协调统一，就可能获授“巫师”之名，并接受代表力量的“巫杖”。只有柔克学院能造就真正的巫师。

由于术士与女巫遍布王国各岛屿，而且对各岛居民而言，魔法的应用如同面包一样必要，也像音乐一样宜人，因此，这所巫师学院自然成为王国内备受尊崇之地。在学院担任师父的九位法师，公认等同于群岛各领地的亲王大公。而九位法师共同的师父，即柔克学院的护持，人称“大法师”者，当然被尊为万人之上、一人之下，仅次于“诸岛之王”。但这种屈居一人之下的状况，也仅是一种效忠行为、一种心意。毕竟，像大法师这么超绝的法师，要是他另执歧见，即使贵为诸岛之王，也无法勉强他去执行世间普通的法律。可是，虽然群岛区已数百年无王在位，柔克学院的大法师依旧保持效忠，并代为执法。在柔克岛，一切行事与之前的数百年一样，看来是个一无纷争烦扰的安全所在。男孩的笑声经常在庭院中回荡，还传到宏轩馆宽阔凉爽的走廊。

带领亚刃参观学院的向导是个结实少年，他的斗篷领口别着银环，表示他已通过见习阶段，是个合格术士，正继续钻研以期获授巫杖。他名叫阿赌。“因为，”他说，“我父母连生了六个女儿，要生第七个孩子时，我父亲说，这是一场与命运相抗的赌博。”他是讨人喜欢的同伴，脑筋和谈锋都敏捷。倘若在别的时候，亚刃肯定会喜欢这位向导的幽默感，但今天他的心事太多，所以一直没怎么留意聆听阿赌讲话。至于阿赌呢，由于天性健谈，又爱出风头，便利用起这位客人的心不在焉：先是对他谈起学院各种不可思议的奇闻，继而吹嘘学院各种令人瞠目的怪事。亚刃听着，一概以“是啊”或“我知道了”回应，到后来，阿赌认定这位客人是个皇家白痴。

“当然，他们并不在这里煮东西。”经过石造大厨房时，向导让客人见识闪亮的红铜大锅、听闻剁刀起落的哐当声、嗅嗅刺激眼睛的洋葱气味，一边说，“这间厨房纯粹是供人参观用的。

进餐时，我们齐聚膳房，想吃什么都自己变，清洗碗盘的工作也省啦。”

“喔，这样啊。”亚刃礼貌相应。

“当然，还没学会法术的见习生，头一个月常常体重大减，但他们迟早能学会。有个黑弗诺大岛来的男孩，一直希望变出烤鸡，结果总是得到粟粥，他似乎始终没办法使法术超越粟粥层级。还好，昨天除了粟粥以外，还变出黑线鳕鱼肉来。”阿赌一直想让客人产生“难以置信”的惊叹印象，讲到声音沙哑，最后还是颓然住口了。

“唔——大法师——他——是哪里人？”客人问道，看也不看他们正穿行其中的宏伟回廊，回廊墙壁和拱形屋顶尽是千叶树的雕刻。

“弓忒岛人。”阿赌答，“他以前是山村牧羊童。”

这会儿，一听到这个直截了当而众所皆知的事实，英拉德岛这位少年立刻转头，神情错愕、难以置信地望向阿赌：“牧羊童？”

“弓忒岛民大都是牧羊人呀，除了海盗和术士。但我没说他现在是牧羊童呀，你可搞清楚喔！”

“但，牧羊童怎么会变成大法师？”

“与王子变成大法师一样啊。就是来柔克学院，然后超越所有师父，去峨团岛盗取‘和平之环’，航行到龙居诸屿，成为自厄瑞亚拜以来最了不起的巫师啦，等等——此外还能怎么办？”

他们由北门步出回廊。傍晚时分温热明亮的阳光照着山丘犁沟、绥尔镇与镇外的海湾，两人就站在阳光下交谈。阿赌说：“当然，现在看起来，那些都是很久以前的事了。自从被尊为大法师之后，他没做多少事。法师们不必做很多事，依我看，他们只要坐在柔克学院看守‘一体至衡’就好了。何况，他现在已经相当老了。”

“老？多老？”

“噢，四十或五十岁吧。”

“你见过他吗？”

“当然见过。”阿赌厉声回答。这个皇家白痴好像还是个皇家势利鬼呢。

“能常见到他吗？”

“不常。他独处的时候多。我刚到柔克学院时，在涌泉庭见过他。”

“今天我也在那里跟他说话。”亚刃说。

听这口气，阿赌不由得打量他，然后才完整答复亚刃的疑问：“那是三年前的事了。当时我很害怕，一直没真的正眼瞧他。当然，那时候年纪小。不过，在涌泉庭那里，很难看清事物。我大概只记得他说话的声音，还有喷泉的流水声。”一会儿他又补充道，“他说话确实有弓忒口音。”

“我要是能用龙语与龙交谈，”亚刃说，“我才不在乎说话有口音呢。”

听亚刃这么说，阿赌带着赞赏的目光看他，并说：“王子，你来学院是为了学艺吗？”

“不是。我是替家父带讯息来给大法师。”

“英拉德岛是王权的领地之一，不是吗？”

“英拉德岛、伊瑞安岛、威岛、黑弗诺岛、伊亚岛等，都曾是王权领地，但是到今天，这些岛屿的王室传承都消亡了。伊瑞安家系源自‘海生格玛’与马哈仁安，马哈仁安曾是诸岛之王。威族家系源自阿肯巴与虚里丝世家。最古老的英拉德家系源自莫瑞德及其子瑟利耳与英拉德世家。”

亚刃背诵这些系谱时，流露如梦似幻的神情，像一位训练有素的学者，却心不在此。

“你认为，我们这辈子能目睹君王在黑弗诺登基吗？”

“我没仔细想过这个问题。”

“我家乡阿尔克岛的岛民会想这问题。你晓得，自从和平实现以来，我们一直是威岛领地的一部分。厄瑞亚拜之环重返黑弗诺的历王塔有多久了？十七或十八年吧。复原之初，世局好转一段时期，但现在反而不如以前。地海的君王宝座该有新王坐镇，以便行使和平之符。百姓厌倦了战争侵袭，厌倦了商人哄抬物价，厌倦了亲王课征重税，也厌倦了各种滥用权力导致的混乱局面。柔克岛虽然立于引导地位，但不能出面统治。‘至衡’尽管安定于此，但统领的权力仍应在君王手中。”

阿赌讲得兴致勃勃，别的愚言戏语也就搁在一旁，但亚刃的注意力反而被吸引了。“英拉德岛物阜民丰，太平无事。”他缓言道，“我们只听说其他岛屿灾厄连连，本身倒从未陷入你所说的种种纷乱。不过，自从马哈仁安驾崩，黑弗诺的王位便空虚至今，前后已经八百年。王国各岛屿真的会接纳新王登基吗？”

“要是新王爱好和平又英明有为，能让柔克岛和黑弗诺岛认可，怎么会不接纳呢？”

“何况早有一个预言等待应验，不是吗？马哈仁安说过，下一代君王必定是法师之尊。”

“诵唱师父是黑弗诺岛的人，对此预言特别感兴趣。到现在为止，他已经连续三年用相关的歌词反复告诉我们。据说，马哈仁安曾表示：‘将继承吾之御座者，乃跨越暗土仍存活，且舟行至当世诸多远岸者。’”

“所以，非靠法师不可。”

“对，因为只有巫师或法师才有能力置身幽冥黑暗的亡者之域，而后安返。虽然他们未必跨越那亡者之域，但他们至少常谈起，说什么——那死域只有一个界限，一旦越过那界限，便了无尽头。这么说来，‘当世诸多远岸’指的是什么呢？无论如何，那位末代君王的预言确实是这么说的，因此，将来必有一人降临到世上来实现这预言。而且柔克学院会认出那人，然后，船舰、军队与所有种族都会向他齐集，到时候，世界中心黑弗诺的历王塔就会再有君王掌权。要是有这么一位王者出现，我会前去投效，尽心尽力为如假包换的君王效命。”阿赌说完，自己先耸耸肩笑起来，以免让亚刃认为他说话太滥情。没想到亚刃却和善地注视他，亚刃心想：他对那位君王的感受，一如我对大法师的感受。但他嘴里说出来的却是：“来日君王御前，会需要你这种人才。”

他们站着，虽然各想各的，但内容相近。未几，便听见身后的宏轩馆响起洪亮的锣声。

“哇！”阿赌说，“今天晚上吃小扁豆煮洋葱汤。快。”

“记得你说他们不煮三餐呀。”亚刃边说边跟随，依旧恍惚如梦。

“噢，有时候——难免搞错。”

晚餐确实不是魔法做出来的，而且菜色很是丰富。餐毕，他们步行外出至旷野，身披薄暮的蓝色柔光。开始爬坡时，阿赌说："这里是'柔克圆丘'。"沾带水气的青草拂掠他们双腿，绥尔河沼泽地带传来小蟾蜍的合唱，欢迎星夜到来——暖和且为时渐短的春季星夜。

这地带有股神秘氛围，阿赌轻声说："'太初语'甫行世时，是这山丘最先挺立于海水之上。"

"等到万事万物消亡时，这山丘也将是最后沉落的土地。"

"所以是一块可以安心立足之处。"阿赌抖落内心敬畏，这么说道。但他马上又敬畏地高喊："看！那片树林！"

圆丘南方的地表出现一抹强光，那抹强光看似月升，但此时薄月已经滑落西方，即将没入丘陵；而且，这抹光照之中，还掺杂着闪烁，很像树叶在风中摇曳。

"那是什么？"

"从心成林放射出来的——师父们一定在树林里。听说五年前，众师父集会遴选大法师时，心成林也像这样放射宛如月光的照明。可是，他们今天为了什么原因集会呢？是缘于你带来的讯息吗？"

"也许是吧。"亚刃说。

阿赌马上兴奋躁动起来，想回宏轩馆打听有无任何谣传，以便知道师父们此番集会预示着什么。亚刃与他同行时，仍频频回顾那抹奇特的光照，直到斜坡将之遮去，只剩新月与春季星辰。

亚刃独自躺在客房石室的黑暗中，睁着双眼。在此之前，他一向有床铺睡觉，也有软毛被子可盖；即便搭乘二十桨长船由英拉德岛航行来柔克的途中，他们也为少年王子准备了比这石床舒服的寝具。而这里只在石地板上方铺了一床草褥，外加一条破毛毡。但他倒没留意这些。“此时此刻，我置身于世界中心，”他心想，“师父们正在神圣地点密谈。他们打算怎么办呢？会编构一个大法术来拯救魔法吗？巫艺正从世界消亡，是真的吗？连柔克岛都面临危险了吗？我不回家了，要待在这里。我宁愿打扫大法师的房间，也不要回去当英拉德岛的王子。他会让我留下来当见习生吗？说不定今后不会再有法术技艺传授了，也不会再有事物真名的研习。父王具备巫术天赋，我却没有。也许巫术真的正在消失吧。但无论如何，就算大法师丧失了力量和技艺，我也要待在靠近他的地方。就算永远见不到他的面，就算他永远不再对我说话，都没关系。”然而，热切的想象力进一步将他席卷，以至转念间，他便瞧见自己又与大法师一同站在山梨树下的涌泉庭，天空却是黑的，树木没有叶子，喷泉寂静；而他开口道：“大师，暴风雨来袭了，但我要留在您身旁效忠您。”大法师听了，对他微笑——不过，想象力至此受挫——因为，实际上他未见大法师那张黝黑的脸孔曾片刻展露笑容。

晨起时，他感觉昨天自己还是个男孩，今天已然成年。不管什么事，他随时可以投入。只是没想到，事情真的来时，他竟瞠目结舌，不知所措。“亚刃王子，大法师想与你谈话。”一个年幼的见习生在门口对他这么说。说完，候了一会儿，没等亚刃回神答复，一溜烟就跑了。

他步下塔楼的阶梯，穿越石造走廊，朝涌泉庭走去，但不确定该到哪里找大法师才对。

一位老者在走廊与他相迎。老者面带微笑，深深的皱纹从鼻子延伸到下巴。这位老者与昨天在宏轩馆大门见到的老者是同一人。记得昨天由港口初抵学院，老者要他说出真名，才让他入内。

“这边走。”守门师父说。

学院建筑这一带的厅堂与甬道很安静，完全没有男孩们在别处活动所产生的那种奔忙与喧哗。在这里，只会感受到墙壁所经历的悠久岁月。建造当初，用来安置并保护这许多古老岩石的那道魔法，依然可以明显感觉得到。石壁间或出现符文雕刻，镂纹深切，有的地方还嵌入银箔。亚刃曾由父亲那里学过一些赫语符文，但眼前墙上的符文，他却一个也不认识。虽然某几个符文的意义好像几乎知道或曾经知道，却不是记得很清楚。

“孩子，到了。”守门人对他说，完全不重视“殿下”或“王子”等称谓。亚刃跟随他步入一个椽梁低悬的长形房间，房间一侧的石造壁炉燃着炉火，火焰映照橡木地板。另一侧，显眼的窗户将外头晓雾弥漫的凝重天光纳入室内。壁炉前方站了几个男人，他进来时，一群人的目光全投向他。但在这群人当中，他只看见一个人——就是大法师。亚刃停步行礼后，便沉默肃立。

“亚刃，这几位是柔克学院的师父，”大法师说，“是九位师父中的七位。形意师父不离开他的心成林，名字师父在北方三十里外的塔内。大家已经知道你此行的任务。各位大师，这位是莫瑞德的子孙。”

“莫瑞德的子孙”这称谓，没有引起亚刃的骄傲，反倒引起一阵恐慌。他虽然对自己的血统感到自豪，但充其量只认为自己是亲王的继承人，是英拉德世系的一员。至于世系传承的源头莫瑞德，早已作古两千载。他当年的事迹已成传说，不属于现今世界。所以，那种称谓乍听起来，好像大法师称他是“神话之子”“梦想继承人”。

他不敢举目迎视这八名男子，只好盯着大法师巫杖的铁制尾套，感觉血液在耳内嗵嗵作响。

“来，让我们同进早餐。”大法师说着，引导大家在窗下桌边落座。食物有牛奶、酸啤酒、面包、新鲜奶油、奶酪。亚刃与大家同桌而食。

这辈子，他曾经身处在权贵、地主、富商中间。贝里拉城内，他父王的殿堂里，多的是那些家道丰厚、买卖兴隆且富于世俗物质的人。他们吃喝讲究，说话大气，争辩者多，逢迎者众，大多数人毕生只知谋求私利。所以，亚刃尽管年少，对人性的伎俩和虚假却早有认识。但是他不曾置身眼前这类人当中。这些人只吃面包，寡言少语，容貌沉静。他们若有寻求，并非为了个人目的。但他们都具备超凡的力量——这一点亚刃看得出来。

雀鹰大法师坐于桌首，看来是在聆听席间交谈，但他周身一派沉静，而且没有人同他说话。也没有人同亚刃说话，亚刃因而有时间镇定自己。他左边坐的是守门师父，右边是灰发且容貌亲切的男子，这人总算开口对他说："亚刃王子，我们是同乡。我在英拉德岛西部出生，邻近阿欧森林。"

"我曾在那座森林打猎。"亚刃应道。两人于是稍微聊起那座"神话之岛"的森林和城镇。由于唤起家乡回忆，亚刃才感觉自在些。

餐毕，大伙儿再度集聚壁炉前。有的坐、有的站，一时无话。

"昨天，"大法师说，"我们集会商议很久，但没有结论。在这晨光照射里，我想再听听各位发表看法，说说你们对自己昨晚的判断，是继续坚持，或改为否定。"

"没有结论本身，就是一种判断，"说话者是药草师父，他身量结实，肤色深，目光平静，"心成林本是发现形意的所在，但我们在那里只获得'争议'。"

“原因是我们没办法看清形意。”英拉德出生的灰发法师变换师父说，“我们所知实在不足。瓦梭岛传来的风声、英拉德岛捎来的讯息，都是奇异的消息，都应该留意。但是，为这种没有什么根据的事情掀起这么大的恐惧，实在没有必要。我们的力量不会只因少数术士遗忘法术而岌岌可危。”

“我也抱持相同看法，”说话者是清瘦但目光锐利的风钥师父，“我们大家不是都还保有个人力量吗？心成林的树木不是照旧成长并摆动枝叶吗？天上的暴风雨不是还听从我们的咒语吗？巫艺乃人间最古老的技艺，谁会为这样的巫艺忧心？”

“没有人，”声音低沉、高大年轻、容貌黝黑但高贵的召唤师父说，“没有人也没有力量能束缚巫术的操作，或妄想抹平蕴含力量的字句。因为那些字句是创生所用的字句，谁若能泯除这种字句，他也能消灭世界。”

“对，有能力做到的人，不会在瓦梭岛或纳维墩岛。”变换师父说，“这人必定就在柔克学院。要是有这么一个人，那么，世界末日就快到了！但现今形势还没糟到那个地步。”

“不过，形势确实有蹊跷。”另一位坐在炉火边的师父发话，全体都望向他。此人胸膛宽厚，身量稳固如橡木桶，声音低实如洪钟，他是诵唱师父。“应当高坐黑弗诺的君王，如今安在？柔克不是世界中心，黑弗诺之塔才是，厄瑞亚拜之剑高悬塔上，瑟利耳、阿肯巴、马哈仁安等历代帝王，都出自那里。但世界的中心已经空虚了八百年！我们有王冠，但没有君王去戴。我们已经寻回失落的符文、君王的符文、和平的符文，符文虽然复原，但和平安在？王座有了君王，我们就会有和平，届时，就连最远的陲区，术士都能将技艺操作自如。届时会有秩序，而且万物合时。”

“对。”瘦小敏捷、态度温和但双目清澈、洞悉一切的手师父说，“诵唱师父，我赞同你的看法。万事既偏离正道，巫道偏离有何奇怪？假如禽畜都四散漫游，害群之马又怎会独留在畜栏内？”

守门师父听了笑起来，但没说什么。

“如此听来，”大法师说，“各位似乎认为没有相当蹊跷之处。或者说，假如有蹊跷，原因在于我们各岛无人治理或治理不良，才导致高深技艺遭到忽视。这结论我大抵同意。的确，就因为南方失却和平贸易，我们才不得不仰赖传言。至于西陲，除了纳维墩岛以外，谁曾听说什么可靠的消息？假如船只出航都能安返，假如我们地海群岛结合紧密，就算是最偏远的地区，我们也能知悉其情况，然后就可以采取适当行动。但，各位大师，我认为我们应该采取行动！因为英拉德亲王说，他在施法时口诵创生字句，却不明白字句意义；因为形意师父只说根底潜藏着畏惧，就不再多言。这些事或许微不足道，难道不足以忧心吗？暴风雨来袭，起初都只是地平线一小片云朵而已。”

“雀鹰，你对幽暗的事物颇为敏感，”守门师父说，“你一向如此。说说看，你认为何处有蹊跷。”

“我不知道。力量正渐渐减弱，问题亟待解决，太阳慢慢变暗。各位大师，我感觉……我感觉，坐在这里聚谈的我们，都在承受着致命的伤害。我们讲话时，血液从血管徐徐流出去……”

“所以你打算采取行动。”

“对。”大法师说。

“哦，”守门师父说，“老鹰要展翼高飞，猫头鹰有办法阻止吗？”

“但你要飞去哪儿呢？”变换师父问。诵唱师父答：“去寻找我们的君王，把他带回来登上王位。”

大法师锐利地瞧一眼诵唱师父，回应道：“凡是出问题的地方，我就去。”

“南方，或者西方。”风钥师父说。

“必要的话，也包括北方和东方。”守门师父说。

“但是，大师，我们这里需要您呀。”变换师父说，“与其去陌生海域的生疏人群中，盲目瞎寻，留在这里不是比较明智吗？这里有强大法术，您可以运用自己的技艺，找出到底是什么邪恶或骚乱在作怪。”

“我的技艺帮不了忙，”大法师声音严肃、眼神焦灼，大家不由得将目光齐聚于他，“我是柔克学院的护持，我不是率然作出了离开的决定。本来我期望各位的建言能够与我的建言相同，但现在看起来，这项期待是不成了，只好我自己下决定。我的决定是：非出去不可。”

“我们服从这项决定。”召唤师父说。

“而且我要单独行动。各位是柔克学院的咨议团，千万不能分散。但我会带一人同行——要是他愿意。”大法师转眼望向亚刃，“你昨天表示愿意出力服效。形意师父昨晚曾说：‘登上柔克岛海岸的人，无一是偶然前来。自然，捎递信息的莫瑞德子孙也不是偶然来的。’除了这几句话，整个晚上，他没再提供意见。因此，亚刃，我要问你：你愿意和我一起去吗？”

“大师，我愿意。”亚刃回答，感觉喉咙干涩。

“身为亲王的令尊，肯定不愿让你涉入这种危险。”变换师父话中带着几分锐利，说完又对大法师说，“这孩子年纪尚轻，也没受过巫艺训练。”

“我受过的训练与受训所花费的时间，已够我们两人运用。”雀鹰淡然说道，“亚刃，令尊看法如何？”

“他会让我去。”

“你怎么知道？”召唤师父问。

亚刃不晓得大法师要带他去哪里、什么时候出发，也不晓得为什么要带他一起去。他疑惑不解，而且在场这几位严肃真诚但也很恐怖的大男人，实在让他局促难安。假如有足够的时间思考，他一定不会率然作答。但现在根本没有充分的时间考虑，就听见大法师再度问他：“你愿意和我一起去吗？”

“家父派我来时，曾对我说：‘我担心黑暗时代就要降临世界，那将是一个危险时期。我之所以不派别人充当信使，而派你去，是希望到时候你能判断，我们是应该就此事向智者之岛寻求协助呢，还是反过来，将英拉德岛可提供的协助交予他们。’所以，假如情况需要，我随时候命。”

亚刃看见大法师听了这话，莞尔一笑。他的微笑尽管倏忽即逝，但相当愉快。“各位听见了吗？”他向七位法师说，“就算年龄再大、巫艺再深，又能为这份决心增添什么？”

亚刃觉得大家都对他投来赞赏的目光，但赞赏之余，不无踌躇或诧异。召唤师父圆弧状的眉毛紧蹙起来，说：“大师，我实在不明白。您一心一意要出去探查，我能理解，毕竟您已经在这里闭关五年。但过去您都是独来独往，孤身行动。这回，为什么要人陪伴呢？”

“过去我不需要协助，”雀鹰回答的声音几近威吓或嘲讽，

“但是这回，我找到一个合适的同伴。”他周身有种严肃危险的气氛，高大的召唤师父没再多问，但蹙眉依旧。

但是药草师父——他目光冷静，黝黑如一头有智慧、有耐性的公牛——从椅子上起身，四平八稳地站好，说：“去吧，大师，带这少年一起去，并带着我们全部的信赖，出发去吧。”

众师父一个个无言默许，而后三三两两离开，只剩下召唤师父。“雀鹰，”他说，“我无意质疑您的决定，只想说——假如您判断正确，假如当真有个危险庞大的邪恶之物在作怪，而造成失衡，那么，仅是去瓦梭岛，或深入西陲，甚至远赴天涯海角、世界尽头，都不够远。但，不论你去哪里，都会带着这位伙伴一同前往，你认为这是一种公平，对吗？”

两人这时所站立的位置与亚刃稍有距离，召唤师父也特别压低声音说话。但大法师却大方地说：“是的。”

“那一定是你没把你知道的全告诉我。”召唤师父说。

“要是知道，我就会讲出来。事实上我什么也不知道，猜测成分居多。”

“让我陪你去。”

“学院的门户得有人看守。”

“守门师父会负责——”

“需要看守的不仅是柔克学院的门户。你留在这里，留意日出，看太阳是否明亮。也要注意石墙，看有谁翻墙、看翻墙者的面孔朝向哪里。索理安，那里有个破洞、有个伤口，那就是我要去探查的目标。要是我没找着，你们日后可以继续。但目前最好留在这里静候，我命令你们都在这里等我。”这时他改用“太古语”，也就是“创生语”——那是操作所有真正的法术所使用的语言，也是所有超绝魔法所依赖的语言；但除了龙族以外，很少人在交谈时使用。召唤师父没再争议或反对，向大法师与亚刃默默颔首后，离开了。

除了炉火噼啪声外，万籁俱寂。屋外，晨雾压窗，无形但沉暗。大法师注视炉火，仿佛忘了亚刃在场。那男孩站在壁炉稍远处，不晓得该径自离开或开口告退。由于拿不定主意，加上有几分孤单，他再次感觉自己像是个渺小的形体，置身令人慌乱的黑暗无边空间。

“我们要先去霍特镇，”雀鹰转身背对炉火，说，“南陲所有消息都在那里聚集，说不定我们可以找到一条起头的线索。你的船还在港湾等候，你去向船长说一声，让他带话回去给令尊。我们要尽快启程，时间就定在明天破晓吧。到时候你来船库的台阶与我会合。”

“大师，您……”亚刃的声音顿了一下，“您要找寻的是什么东西？”

“我不知道，亚刃。”

“那——”

“那我要怎么找，是不是？这一点我也不晓得。说不定它会来找我。”他对亚刃怡然一笑。但在窗户透进来的迷蒙光线中，他的面孔看起来灰茫如铁。

“大师，”这时亚刃的声音已经稳定，“若追溯最古老的血统，我确实是莫瑞德的子孙。但是，假如能为您效命，我会把那份效劳看成是这辈子千载难逢的光荣机会，其余的事都宁可放弃不做。只是，我担心您判断错误而高估我了。”

“说不定。”大法师说。

“我没有出色的天赋或技巧。我会使用短剑和宝剑打斗，我会驾船，我会宫廷舞和乡村舞。我能安抚朝臣间的争吵，我会角力，我箭术不精，但擅长球类竞赛，我会唱歌，也会弹竖琴和鲁特琴。可就这些而已，没有别的了。我对您有什么用处呢？召唤师父说得对……”

“啊，你看出来了，是吧？他是在嫉妒，他希望有机会发挥，表现忠心。”

“同时表现高强的技艺，大师。”

“这么说来，你宁愿他跟我去，而你留着？”

“不是！但我担心……”

“担心什么？”

泪水涌上男孩双眼。“担心辜负您的期望。”他说。

大法师再度转身面向炉火。“亚刃，你坐下。”他说。男孩走到壁炉角边的石座坐下。“我没有把你错看成巫师、战士或任何训练好的专业人物。我清楚你是什么人——虽然现在我知道你会驾船很是高兴——日后你会成为什么，没有人知道。但有一点我很明白：你是莫瑞德与瑟利耳的子孙。”

亚刃沉默，最后才说：“大师，这虽然没错，但……”大法师没说什么，而他总得把话讲完，“但我不是莫瑞德，我只是我自己。”

“你对自己的血统不感到自豪？”

“不，我对自己的血统感到自豪，因为是这血统让我成为王子，它是一种责任，而责任需要去符合、去履行……”

大法师用力点头：“我的意思也是这样。否认过去就是否认未来。一个人要么接受命运，要么拒绝，但命运不是自己创造来的。山梨树的树根如果不够深，便根本长不出树冠。”

听到这里，亚刃吃惊地抬眼，因为他的真名“黎白南”意思就是山梨树，但大法师没有说出他的名字。“你的根，深而有力，”大法师继续说，“但是必须给你空间，成长的空间。所以我提供给你的，不是返回英拉德岛的安稳旅程，而是前往未知尽头的一趟危险航程。你不一定要接受，选择权在你。我只是提供你选择的机会。因为我厌烦了环绕在我四周的这些安稳的所在、安稳的屋顶、安稳的墙壁。”他突然住口，以甚具穿透力的眼光环顾四周。亚刃看得出这男人内在深切的躁动，那份躁动甚至让他害怕。然而，恐惧只让兴奋更为锐利，所以他答话时心头怦怦跳：“大师，我选择与你一起去。”

亚刃离开宏轩馆，脑子和心头都充满了惊奇感。他告诉自己，他觉得快乐。但“快乐”两字好像不够贴切。他告诉自己，大法师认为他有力量，是支配命运的人，听到这种赞赏，他应该感到自豪——但他却不，为什么呢？举世最卓越的巫师已经对他说：“明天我们就启程航向命运的边缘。”他听了，立即点头追随，这样，难道不该感到自豪吗？但他却不，他只感到惊奇。

他穿越绥尔镇陡斜弯曲的街道，在码头找到船长，对他说：“明天我要跟随大法师出海去霍特镇与南陲，你回去告诉我父王，等我任务完成，就会返回贝里拉的家。”

船长看起来颇为难。他知道带这种讯息回去给英拉德亲王，会受到什么对待，便说：“王子，我必须带着您亲笔写的信才行。”这个要求有道理，亚刃于是赶紧离开——他觉得每件事都要立即办好。他找到一家奇特的小店，买了砚台、毛笔与一张柔软但触感厚实的纸，快步返回码头，坐在埠头边上写信给双亲。

他想到母亲握着同一张纸展读他写的这封信时，心头一阵难过。她是个爽朗而有耐性的女子，但亚刃知道，他是母亲满足的根源，也知道她期望儿子早归。现在要长久离开，他不晓得该怎么安慰母亲。他的信简短，没什么修饰。写好，盖上剑形的印信当作签名，再用附近船舶拿来防漏的沥青封口，然后把它交给船长。但他突然又说："等一下！"好像船已整备妥当，马上要开航了一样。他跑回圆石街道那家奇特小店——不太好找，因为绥尔镇的街道总是有点令人迷糊，每个转弯好像都会变来变去。最后，他终于走对了街道，便冲进那家用成串红色陶珠装饰门口的小店。他刚才来购买笔砚时注意到，在一个盛装扣环与胸针的盘子里，有枚做成玫瑰状的银色胸针，他母亲的名字就叫"玫瑰"。"我要买那个。"他匆忙而豪气地说。

"这是偶岛制作的古代银制品。我看得出你对古代工艺深具慧眼，"店家主人说着，注视着亚刃宝剑的剑柄——而不是那副精致的剑鞘，"价钱是四枚象牙。"

亚刃二话不说，爽快付了昂贵的价钱。他皮包里有很多象牙代币，内环诸岛都用这当钱币使用。送礼物给母亲的主意让他很开心，购买也让他很开心。他离开小店时，一只手搁在宝剑的剑柄上，昂首阔步，颇为神气。

他离开英拉德岛的前夕，父亲将这把剑交给他。他庄重地收下并佩挂，在船上时也一直佩挂，仿佛那是一种责任。腰际多了这份重量，令他很是自豪，宝剑悠远岁月所代表的重量覆盖他的心灵，因为这把剑是莫瑞德与叶芙阮之子瑟利耳的宝剑。当今之世，除了高悬于黑弗诺历王塔的厄瑞亚拜之剑以外，再也没有比这把剑更古老的宝剑了。它一直没有被收起来或藏起来，而是一直有人配挂，虽然历经数世纪，却没有磨损或变钝，因为当初它是以强大的魔法锻铸的。这把剑的历史言明，除了生死交关的情况，它不曾出鞘——也一直出不了鞘。它不会为血腥、复仇或贪念的目的效力，也不会顺服于为掠夺而起的战役。亚刃这个通名，就是从他们家族的这个至宝而来，小时候，大家叫他“亚刃迪”，是“小宝剑”的意思。

他自己还不曾使用这把剑，他父亲不曾使用，他祖父也不曾使用，因为英拉德岛安享太平已久。

但此刻置身巫师之岛这个奇特城镇的街道，他碰触剑柄，感觉有些奇特。剑柄摸起来怪别扭的，而且冰冷。这把剑沉甸甸的重量拖负着他，妨碍他行走，也使本来兴奋的惊奇感冷却了些。

他返回码头，把胸针交给船长代转母亲，并向他道别、祝航行平安。转身离开时，他拉拉斗篷盖住剑鞘，剑鞘里的那把剑年代悠久而刚硬不屈，这致命的武器现在传到了他的手里。想到这里，他不再觉得神气活现，也不赶时间了。“我在做什么？”他爬上狭窄街道时对自己说。窄道通往城镇上方那座巨大城堡似的宏轩馆。“我为什么不回家？我为什么要与一个我不了解的人，去寻找某种我根本不知道的东西？”

他没有答案可以回答自己的问题。

第三章

霍特镇

HORT TOWN

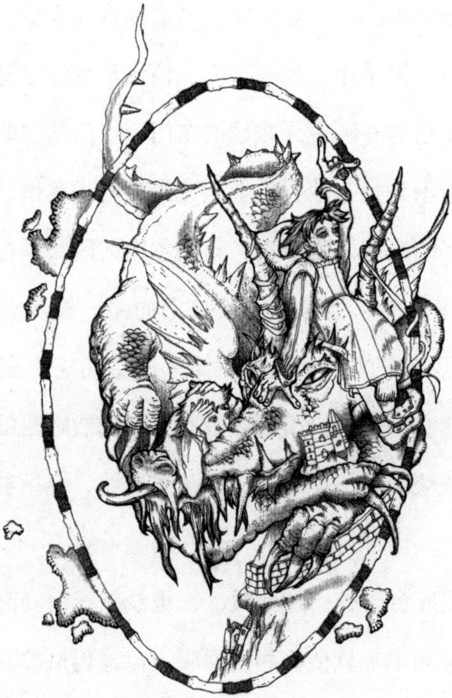

在天明前的黑暗中，亚刃穿上为他预备的衣物，是全套的海员服，相当旧，但干净。他一穿妥，便快步行经宏轩馆阒静的厅堂，走到用龙角与整颗龙牙雕成的东门。守门师父略带微笑地让他出门，并指示路径。他先走上全镇最高的一条街，再转入一条小径。小径在港湾海岸的南边，与绥尔港的码头平行，可通往学院下方那几座船库。他勉强认出该走的路。树木、屋顶、山丘等，都还是黑暗中的庞大黑影。漆黑的空间完全寂静，而且很冷。万物悄然寂静，瑟缩朦胧。只有东边仍然晦暗的大海尽头，可以见到一条淡淡的清楚线条，那是海平线，轻拍着尚未露脸的太阳。

他来到船库台阶处，那儿没人，也没有任何动静。身上那套宽大的水手服和羊毛软便帽相当保暖，但他仍然伫立石阶，在一片漆黑中等待，全身发抖。

那几座船库隐约浮在黑水之上。突然由其中冒出一个空沉沉的声响，是隆隆的敲击声，重复了两次。亚刃感到毛发直竖。一条长影子溜了出来，静静浮在海水之上——原来是一条船，轻轻滑向码头。亚刃跑下阶梯，上了码头，跃进那条船。

“握好舵柄，”船首站着一个模糊轻飘的身影，是大法师，他说，“稳住船身，我要升帆了。”

他们这时已经出了码头，船帆由船桅展开，宛如白翼，迎向渐强的曙光。“西风让我们省得划船出海湾，一定是风钥师父送给我们的出航礼。孩子，看看这条船，她行进得多轻松！嗯，西风外加晴朗破晓，真是风和景明的春季‘平衡日’。”

“这条船是‘瞻远’吗？”亚刃听过一些歌谣和传说中提到大法师的船。

“是。”另一人一边回答，一边忙着拉绳子。风力变强时，这条船猛冲了一下并转向。亚刃咬紧牙，努力让船平稳下来。

“大师，她行进得是很轻松，但有点任性。”

大法师笑起来。“让她随性去吧，她也很有智慧呢。”说完，他停了一下，跪在船梁之上，面向亚刃，“亚刃，听好，现在起，我不是什么大师，你也不是王子。我是商人，名叫侯鹰，你是我侄子，名叫亚刃，跟在我身边学习海事。我们是英拉德岛来的。什么城镇呢？最好是大城镇，免得凑巧碰到同镇的人。”

“南部海岸的特密耳镇如何？他们跟每个陲区都有生意往来。”

大法师点头。

“不过，”亚刃谨慎道，“您说话不太有英拉德口音。”

“我知道，我说话有弓忒岛口音。”他同伴说着笑起来，同时举目观望渐亮的东方，“但必要时，我猜我有办法模仿你。就这么讲定了——我们从特密耳来，这条船叫‘海豚’，我不是大师，也不是法师，也不叫雀鹰，那——我叫什么名字呢？”

“侯鹰，大师。”

亚刃不小心咬到了舌头。

“侄子，多多练习。”大法师说，“练习就会。你以前除了是王子，不曾扮演别的角色。而我，倒是以很多身份出现过，最少扮演的角色——可能也是最微不足道的，就是担任大法师……我们要往南去找艾摩石，就是大家用来刻成护身符的蓝矿石。我知道英拉德人很看重那种矿石，都把它当护身符，用来避免着凉、扭伤、落枕，还有失言。”

亚刃笑了起来。过一会儿，他抬起头，船刚好悬在一波长浪上，他瞧见太阳边缘抵着海平面。一转眼，熊熊金光在他们面前放射。

由于海浪滔滔，小船随之起伏，雀鹰站着时，必须一手扶住船桅。他面向春分时刻的日出，唱起歌来。亚刃不懂太古语那种巫师和龙族所讲的话，但他听得出歌词中含有赞美与欢悦的成分，而且节奏强烈。那强烈的节奏，正如浪潮起落或日夜交替那种连绵永恒的节奏。绥尔湾的海岸先是在他们右边，继而在左边，接着又渐渐落在后方，他们乘风破浪，披戴阳光，进入内极海。

由柔克岛到霍特镇，不是什么特别遥远的航程。但他们仍在海上度过三个夜晚。大法师本来急于出发，但一出航，倒是耐性十足。他们一离开柔克岛受法术制衡的天候，风向就整个相反了。碰到这种情况，任何一位风候师父都会立即召唤法术风注入船帆，但大法师没那样做，反而一连数小时借机教导亚刃，如何在顽强的逆风状态下，在伊瑟耳岛东岩石状如犬齿的海域驾船行驶。出海第二天，下雨，是三月冷飕飕的劲雨，但他没有运用任何法术驱雨。次日夜里，他们在霍特港的入口外，躺在安静寒冷多雾的黑暗中过夜。亚刃思前想后，认为经过短短这两三天，他已经了解大法师了：大法师根本不操作法术。

不过，他是无可匹敌的水手。与他行船三天，所学的驾驶技术，超过在贝里拉湾操船竞赛十年。法师与水手相差不远，两者都与苍穹和大海的力量打交道，有时也屈折大风为已用，以便转远为近。所以，是“大法师”也罢，是海上商人侯鹰也罢，实在

欧司可海
挪斯特
碎石礁
英拉德
南齿列屿
安卓
伊亚海
欧瑞尼亚
弓忒
拉英
德群岛
伊亚
依波司可
突普
坎渤
弓忒港
偕梅
道恩
伊亚海
伊比亚
安丹登山
彼西
托何温
伊彼西
黑弗诺
巴尼斯克
帕恩
瑞文尼亚山脉
革梅
贝茨
伊斯可
帕恩海
法力恩山脉
欧恩山
娄叟
肯伯口
黑弗诺大港
艾伯恩
威岛
欧查德
斜辟墟
飞克威
伊拔诺海峡
欧莫
昂图哥
托宁
阿尔克
飞克威湾
下托宁
厚斯克
偶托克尼
蟠多
伊里安
威马施
奈墟
内极海
佩丽蓝
九十屿
卓干
攸尼海岭
柔克
外依蓝
林思
偶港
偶岛
封闭海
东
柯梅瑞
吉斯
绥尔镇
安丝摩
瑟得
攸尼
扣儿圃
帕迪
霍特镇
瓦梭
肖尔
纳密恩
阿普索
弥斯克
赛特
瓦梭
罗洛梅尼
沙岛
都涅
洛拔纳瑞
路得
大南礁
南 陲
耳岛
远叟
突姆

没什么差异。

他虽然十分幽默，但也相当沉静。不管亚刃多么笨拙，他都不烦躁，非常有容忍力。亚刃心里想，再也没有比他更棒的船伴了。不过，这位大法师会一连数小时陷入自己的思考中，等到不得不开口时，声音虽然沙哑，却能一眼看穿亚刃。这些情形虽然没有减弱男孩对他的爱，但恐怕多少缓和了对他的喜欢，也使那份爱带上了几分敬畏。

雀鹰可能有所感觉吧，所以在瓦梭海岸外那个多雾之夜，他零零星星向亚刃谈起自己。“明天，我不想立刻又进入人群中，”他说，“我一直假装自己很自由……假装天下太平无事，假装我不是大法师，甚至不是术士。假装我是特密耳来的侯鹰，没有背负责任或特权，也不欠任何人什么……”他停顿一会儿，才继续，“亚刃，碰到重大的选择和决定时，要尽量小心。年少时，我曾经面对两种选择：‘有所不为’与‘有所为’的人生抉择。结果，好像鳟鱼跃向苍蝇，我莽莽撞撞地投入了后者。可是，每项行为举动都把你与它、与它的结果，紧紧捆缚在一起，促使你不断行动。很少有机会像现在这样，碰到行动与行动之间的一个空当，可以停下来，只是单纯地存在着，或是彻底想一想：你是谁。”

亚刃心里想，这人既然贵为大法师，怎么可能对“他是谁”“他的人生作为”还有疑惑？亚刃一向认为，这种疑惑专属于尚未涉世的年轻人。

他们的船在寒冷的广阔黑暗中摇晃着。

“所以，我喜欢海。”黑暗中响起雀鹰的声音。

亚刃理解，但他的思绪还在前行，想着他们在海上的这几个日夜、他们所要寻找的东西和他们的目的。眼见同伴谈兴正酣，他终于逮住机会问：“您认为我们能在霍特镇找到我们要寻查的东西吗？”

雀鹰摇头，意思也许是不能找到，也许是他不晓得。

“可不可能是一种瘟疫、一种传染病，由一座岛屿流传到另一座岛屿，摧残农牧与人类心灵？”

“瘟疫是‘一体至衡’的一种运转，它是均衡的一部分。但这次的情况不同，它含有邪恶的腥臭。万物的均衡自行回正时，可能需要我们吃点苦头，但还不至于叫人丧失希望，更不会使人丢弃技艺、遗忘‘创生语’。‘自然’不会这样违背情理。目前的情况，不是至衡的‘回正’，而是至衡的‘颠覆’。只有一种生物可能做到。”

“是某个人做的吗？”亚刃试探着问。

“是我们人类做的。”

“怎么做到的？”

"借由无节制的生存欲望。"

"欲望？但是，冀求生存有错吗？"

"没有错。然而，我们要是渴求掌控生存，就难免盼望无尽的财富，盼望无懈可击的安稳，盼望长生不老，等等。这样一来，生存就变成贪欲了。要是再让知识与这种贪欲结盟，邪恶即告诞生，天下的均衡也将随之动摇。一旦到了那种地步，毁灭便降临了。"

亚刃仔细思索一下，才说："那么，您认为我们是在查访一个人？"

"对，我认为是这么一个人，一个法师。"

"可是，根据家父与其他师长的教导，我一向以为巫道的高强技艺依赖'大化平衡'，也就是囊括万事万物的'一体至衡'。既然如此，它就不可能被人拿来作为邪恶的用途。"

"这是一个备受争议的问题。"雀鹰带了几分讥讽地说，"'法师的争论永无止境'……地海诸岛都知道，有的女巫会施不洁的法术咒语，有的术士会利用技艺获取财富。还不止这样。当年曾企图泯除黑暗、令正午太阳停驻的'火焰领主'，也是高强的法师，连厄瑞亚拜都险些打不过他。至于莫瑞德之敌，又是另一位高强的法师。只要那位法师出现，全城民众都得向他下跪，军队会为他舍命作战。他用来对抗莫瑞德的法术实在太强大，以致他被杀死时，法术竟然终止不了，最后，素利亚岛因无法承受而沉入海底，岛上一切尽悉毁灭。这是具备巨大力量与知识的人为邪恶效命并借之壮大的例证。因此，服膺善道的巫术是否永远是较强的一方，我们也实在不知道，顶多只能怀抱这样的希望而已。”

抱着获得肯定答案的希望，结果总是破灭。亚刃发觉，自己很不甘愿接受这种令人心寒的事实，过一会儿便说：“我猜我可以明白，为什么您说只有人类会行恶。毕竟，就连鲨鱼也是必要时才杀戮。它们生性单纯无知。”

“这也是为什么世上没有什么能抵挡我们行恶。滔滔人世，只有一样东西能抵抗心怀邪恶的人——那就是另一个人。我们的光荣隐藏在我们的耻辱中；我们的心灵能为恶，但也唯有我们自己的心灵能克服恶。”

“但龙族呢？”亚刃说，“它们不是更加会作恶吗？它们单纯无辜吗？”

“龙！龙性贪、不知足、叛逆，没有怜悯，没有慈悲。但它们邪恶吗？我是何等人，怎么有资格评判龙的行为……亚刃，它们比人类睿智，与它们相处，宛如与梦相处。人类做梦、施法、行善，但也为恶。龙却不做梦，它们本身就是梦。它们不施魔法，魔法就是它们的本质、它们的存在。它们无所作为——它们仅是存在。”

“巴欧斯的龙皮弃置在榭里隆，”亚刃说，“那条龙是三百年前英拉德岛的柯渥亲王杀死的。从那天起，就没有龙再到英拉德岛逞凶了。我见过巴欧斯的皮，像铁那么厚重，非常巨大，据说要是整个展开，可以遮盖整个榭里隆市场。仅一颗牙就有我的手臂那么长，但他们说，巴欧斯是只幼龙，还没发育完全。”

“听起来，你很想见到龙。”雀鹰说。

“是呀。”

“它们的血是冷的，而且有毒。你千万不要注视它们的眼睛。它们比人类古老……”大法师沉默片刻，接着说，“我过去的作为，虽然有的已经忘记，有的至今仍感遗憾，但我永远记得，有一回曾目睹龙群在西方岛屿上空的夕阳风中飞舞。我已知足。”

说完，两人都沉默，除了海水拍船的呢喃声外，一无声响，四周也没有光亮。末了，在那片深海之上，他们终于入睡了。

早晨明亮的薄雾中，他们驶进霍特港。港内有上百船只停泊或正要起航，有渔船、捕蟹舟、拖网捕鱼船、商船、两艘二十桨的大船、一艘待修的六十桨大船，还有一些狭长型的帆船。那种帆船配备特别设计的三角帆，这种帆利于在南陲这一带的燠热静浪中捕捉海风。“那是战船吗？”驶经其中一艘二十桨大船时，亚刃问。他同伴回答:“根据船舱中的链闩来看，我判断那是奴隶船。南陲这一带，有人从事贩奴。”

亚刃想了一下，便走去轮机箱，取出他的剑。上船时，他将宝剑包得密密的，收起来放在轮机箱内，预备离船时才拿。这时，他打开包裹，入鞘的宝剑握在手中，配挂的带子悬垂着。他站在那里，拿不定主意。

“这不像海上商人用的剑，”他说，“剑鞘太精致了。”

忙着操舵的雀鹰看了他一眼:“你如果想佩带，就佩带。”

“我原来是想，它可能有智慧。”

“作为宝剑而言，它的确是一把有智慧的剑。”他同伴说着，提高警觉，留意正在穿越的拥挤海港，“它不就是那把不情愿让人使用的剑吗?”

亚刃点头。“传说是那样。但它已开杀戒、杀过人了。”他低头注视宝剑细长但被握旧了的剑柄，“它杀过人，但我没有，这让我觉得自己实在少不更事。它的年岁大我太多……我还是带刀好了。”说完，他将宝剑重新包好，塞在轮机箱底下，神情怏然。雀鹰没说什么，过了好一会儿才说:“孩子，你能帮忙把桨拿好吗?我们要向台阶旁的码头驶去了。”

霍特镇是群岛全境的七大港口之一。港市起自喧哗的岸边，向上延伸至三座丘陵陡坡，整个城市好比一大团斑斓的色块。住屋的泥墙有红色、橘色、黄色、白色；屋顶瓦片是紫红色；潘第可树沿着高处街道开了一簇簇暗红色花朵。俗丽的条纹雨篷一张接着一张，为狭窄的市场遮阴。码头阳光明艳，岸边后头的街道好像一个个暗色块，充满阴影、人群与市声。

等他们系好船，雀鹰弯腰，好像在检查绳结，同时对旁边的亚刃说："亚刃，瓦梭岛有很多人认得我，所以你现在注意看一看，好确定你认得我。"他直起腰杆时，脸上伤疤不见了，头发变得灰白，鼻子厚大而且有点上翻，与他同高的紫杉巫杖变成一支象牙细棒，插在上衣里，"汝识得吾否？"他咧开嘴巴笑着问，而且说话带了英拉德口音，"前此未得面晤汝伯乎？"

亚刃在贝里拉的宫殿见过巫师变脸，那是在演出哑剧《莫瑞德行谊》的时候。所以，他晓得"变脸"仅是一种幻术，于是冷静地回应道："噢，认得，侯鹰伯父！"

不过，大法师与港口民兵在为船只停泊费及看守费议价时，亚刃一直注意看他，希望能确实记清他的长相。但在这段观察时间内，大法师的易容反倒让他愈来愈头疼，而不是愈来愈清醒，因为实在变得太彻底了，根本不是大法师本人，不是那个智慧的导师及领袖……民兵索取的费用很高，雀鹰一边付钱一边抱怨；付完钱与亚刃一同离开时，仍继续抱怨。"真是考验我的耐性，"他说，"竟然付钱给那吃人的偷儿来看管我的船！我用半套法术，就能完成他的两倍工作哩！唉，这就是乔装易容的代价……啊，我忘记该有的讲话腔调了，不是吗，侄儿？”

他们爬坡经过一条拥挤发臭、虚华不实的街道，街上排列许多家只比摊子大一点的商店，店主人都站在堆满货品的门口，大声吆喝他们贩卖的东西价廉物美，包括锅盆、袜子、帽子、铲子、别针、皮包、水壶、篮子、刀子、绳子、螺钉、床单等五金与日常用品。“这是市集吗？”

“啊？”狮鼻灰发的男人低头问道。

“伯父，这里是市集吗？”

“市集？不是，不是。他们整年在这里卖东西。小姐，我吃过早餐啦，别向我兜售鱼饼！”亚刃也努力摆脱一个捧着一盘黄铜小容器的男人。那男人一直跟在他脚后跟，小声兜售：“买啦，买啦，俊少爷，这东西不会让你失望的，气味好闻得像努米马的玫瑰，可以迷惑女人，让她们投怀送抱，试试看嘛，少年船爷，少年王子……”

雀鹰突然插到亚刃与小贩中间，说：“这东西下了什么魔咒？”

“没有魔咒！”那男子瑟缩着退开，“我不卖咒语，船主！这只是枫糖而已。喝完酒或吸了迷幻草根以后，可以用来使口气清新宜人。只是枫糖，大爷！”他一直倒退，直到跌坐在石板上，整盘容器丁零哐当掉了一地，其中有些翻倒了，里面盛装的黏糊液体渗了出来，那液体的颜色接近粉红或粉紫。

雀鹰没再说什么，掉头转身与亚刃继续行走。不久，人群稀疏了，商店也寒酸起来。商品陈列于破旧的狗舍内，全部不过是弯钉一把、破杵一根、旧梳一把。这种寒酸相倒不是最让亚刃不舒服的；刚才在较富裕的街道那头，贩卖品堆积起来的压力与货物叫卖声，才让他感到窒息。小贩的落魄相也令他震惊：心中不免忆起北方家乡凉爽敞亮的街道。他心想，贝里拉绝不会有谁像这个样子缠着陌生人，低声下气地求售商品。“这镇上的居民真令人作呕！”他说。

他同伴只回答：“走这边，侄儿。”他们转弯走进一条巷道，巷道夹在高大无窗的住家红墙间，红墙沿山脚伸展。接着，穿过一个装饰了破旧旗帜的拱形出入口，便步入一处陡斜广场的阳光中。这里是另外一个市场，搭了很多棚子和摊子，挤满人群与苍蝇。

广场周边有些男男女女，或坐或躺，个个木然不动。他们的嘴巴奇怪地带着黑色，有如瘀血；嘴唇周围有苍蝇聚集，竟像一串串葡萄干。

“居然这么多。”是雀鹰的声音在说话，又低又急，仿佛他也吓了一大跳。但亚刃注意看他时，他依旧是健壮商人侯鹰那张粗率和气的面孔，一点也没有操心挂虑的表情。

“那些人怎么了？”

“吸食了迷幻草根。它有镇定及麻木的功效，可以让身体脱离大脑，让大脑自在漫游。可是漫游回来之后，身体会需要更多迷幻草……随着吸食的渴望持续增强，生命将变得越发短暂，因为那东西是有毒的：一开始只是发抖，进而瘫痪，最后死亡。”

亚刃打量一位坐着的女子，她背靠一面有阳光的墙壁，举着手好像要把脸上的苍蝇挥走，可是那只手只在空中抽搐着画弧，仿佛它早已被忘掉，只是因为肌肉内重复涌现的麻痹或颤抖状态而移动。那动作宛若没有目的的咒语、没有意义的法术。

侯鹰也在看她，但面无表情。“快走！”他说。

他带路穿越市场，走到一个有遮阳篷的摊子。阳光透过遮阳篷画出条纹，有绿色、橘色、柠檬黄、枣红、淡青。色彩投射在展示的衣服、披肩和织带上，连商妇羽毛头饰上当作点缀的小镜中，也呈现缤纷颜色。这个身材肥胖的商妇扯开大嗓门，重复叫卖：“丝、缎、帆布、皮毛、毛毡、羊毛、弓忒岛出产的羊毛、肖尔岛的纱罗、洛拔纳瑞岛的丝！嘿，两位北方来的，脱下你们的粗呢外套吧，难道没看见太阳出来了吗？瞧瞧，这是南方的地道丝料，柔细得有如昆虫翅膀！带回遥远的黑弗诺岛，送给女孩怎么样？”说着，她灵巧的手抖开一卷薄如蝉翼、粉红色掺银线的丝料。

“不要，太太，我们娶的老婆不是王后。”一听侯鹰说完，商妇提高嗓门：“那你们都让老婆穿什么，粗麻布？帆布？可怜哪，老婆在北方大风雪里发抖，居然不肯替她买点丝料，真是吝啬鬼呀！喏，这个怎么样？弓忒岛的羊绒，冬夜里让她保暖！”她往台面抖出一块米褐色的方块料子，是由东北岛屿产的细丝般的羊毛织成。乔装的商人伸手去摸，微笑起来。

“哎，你是弓忒岛人？”那拔高的嗓门问道，摇晃的头饰随之在雨篷和布匹上投射出千百个七彩光点。

“这是安卓岛的制品，你晓得吗？因为它每个指宽都只有四条经线，弓忒岛人会用六条或更多经线去织。不过，说说为什么你会从表演魔术转业到贩卖服饰呢？几年前我来时，看到你从人的耳朵里变出火焰来，然后再把火焰变成小鸟和金铃。那种生意比这个好呀。”

“那根本不是生意。”胖女人答话的瞬间，亚刃注意到她玛瑙般的眼睛强硬地直视着他与侯鹰，头上的羽饰飘飘晃晃，不停颤动，亮花花的小镜频频放光。

“能从耳朵引出火焰是很高明的，”侯鹰的口吻听来严肃冷酷却纯朴真实，“我本来希望我侄儿能见识见识。”

“两位仔细听好，”商妇的声音不那么刺耳了，她把两只肥胖手臂和厚重胸部一齐搁在台面上，“我们已经不玩那种把戏了。因为大家早就看穿，不想再看了。我知道，你还能记得我，是多亏了这些镜子——你对这些小镜子有记忆。”说着，她故意摇头晃脑起来，使得他们周围的斑斓光点不停回旋，“噢，仅凭这些小镜子的闪光和几句话，就可以迷惑一个人的头脑。至于其余把戏，我不会告诉你们——除非有人认为他见到了肉眼看不到而且实际上也不在那里的东西。比如火焰和金铃，或是我以前用来替水手打扮的那种服装：金布配上杏仁大小的钻石。打扮后，他们都像诸岛之王那么神气……可是，那是把戏，是掩人眼目的东西。人是会被愚弄的，有如鸡被蛇、被晃动的手指迷惑。对，人像鸡。只不过，他们要到末了才明白，他们被愚弄、被搞糊涂了，所以事后都很生气，对这种事就不再觉得好玩了。所以啦，我才改行卖这些东西。也许，所有这些丝料都不是丝料，弓忒羊绒料子也不是弓忒羊绒料子，但大家到底会买回去穿——他们会穿！这些东西是真的，不像金布裁制的套装，说穿了不过是诈欺和空气。”

“噢，噢，”侯鹰说，“这么看来，全霍特镇再也找不到以前那种从耳朵变出火焰的魔术了？”

听到最后这句话，商妇皱眉。她挺直上身，开始小心折叠羊绒料子。“希望看到谎言和异象的人就去嚼迷幻草，”她说，“要是有兴趣，你去找他们聊聊呀！”她朝广场四周那些木然不动的形体点点头。

“但以前有些术士会帮水手对风施咒，并为他们的船货添注好运。他们全都改行了吗？”

商妇突然对侯鹰讲的话大为光火：“你一定要找术士的话，倒还剩一个，一个拥有巫杖和各种玩意儿的出色巫师——看见那边那个人了吗？他自己说，他曾经与埃格船长一同出海，负责为埃格造风、为他寻找大船。但那根本是瞎说。所以埃格船长最后才会付他公平的回报：把他的右手砍掉。所以现在他就坐在那儿。瞧他，满嘴迷幻草，但肚子里全是空气。空气和谎言！空气和瞎编！你要找的魔术全在那边，山羊船长！”

“噢，噢，太太，”侯鹰依旧温和淡然道，“我只是问问而已。”

她一个转身，肥硕的背部向外，头饰上的旋转镜面闪闪发亮，让人一阵目眩。侯鹰缓步离开，亚刃跟在他旁边。

他故意缓步徐行，以便慢慢靠近商妇所指的那个人。他背靠墙坐着，呆滞凝视的眼睛没看见什么。他长着一张黑色的脸孔，留着胡子，看得出以前相当俊秀。那只起皱的右腕残肢横在石板地面上，让燠热明亮的阳光照着。

他们后头的摊子起了点骚动，但亚刃发觉自己很难不盯着那个男人看，他油然兴起一股嫌恶的困惑。“他真的是巫师吗？”

他很低声问道。

“也许他就是那个叫作贺尔的巫师，他曾经当过海盗埃格的天候师。他们是一帮名气响亮的窃贼。啊，亚刃，快闪开！”一名男子由摊子中间全速跑来，差点与他们两人撞个满怀。另一个人从旁边快步小跑经过，手上吃力地捧着一个可折叠的平盘，盘内装着线、绳、花边等。有个摊子哗啦一声溃倒，遮阳篷在这拉扯之下，翻面倒下。群众在市场推来挤去，人声杂沓，喊叫不已。那个头戴镜饰的商妇声音最高、最突出，亚刃瞥见她举着一根柱子或棍棒，像个身陷重围的剑士，正大刀阔斧地驱赶群众。这到底是一场争吵扩大成的暴动，或是一帮窃贼设计的袭击，谁也搞不清楚。只见群众一个个怀抱货品，可能是掠夺来的，也可能是保护着以防掠夺。在广场的混乱中，有刀战、争斗、殴架。

“走那边。”亚刃手指最近的一条侧街，从那里可以走出广场，看这情况，马上离开最好。他正准备要走时，被同伴拉住手臂。亚刃回头，看见那个叫贺尔的男子正拼命要站起来。等他站直，身子摇晃一会儿，他也不看看四周，便径自循着广场边缘走去。他那只独臂始终贴着房屋围墙，好像作为指引或支撑。“看住他。”雀鹰说着，两人开始跟踪。没有人来拦他们或拦这个被跟踪的男子。

不出一分钟，他们就走出市集广场，然后是狭窄曲绕的下坡街道，很安静。头顶上，街道两旁住屋的阁楼几乎交会，遮蔽了日光；脚底下，铺石路因污水和垃圾堆积而湿滑。贺尔虽然有如盲人扶墙而行，但步调不慢。他们跟在后头，必须亦步亦趋，才免得在岔路跟丢。亚刃内心突然起了一阵追踪的刺激感，全身都处于精警状态，宛如以前在英拉德的森林猎捕雄鹿。他清楚地看见擦身而过的每张脸孔，呼吸着这城镇混合了垃圾、焚香、腐肉、花香的甜腻秽气。他们正跟着贺尔穿越一条宽阔拥挤的街道时，亚刃听见了鼓击声，并瞧见一排赤身裸体的男女经过，他们的手腕和腰都被链子拴着，连成一列，蓬乱的头发遮头盖脸。但只瞥了一眼，就不见了这整排男女的踪影，因为当时他们正在贺尔的后面，巧妙闪躲着走下一段阶梯，步入一处较窄的广场，广场上只有几个女人在喷水池边闲聊。

雀鹰在这里追上贺尔，伸手搭在他肩上。贺尔仿佛烫着般惊得缩身后退，一直退到一扇大门的阴影中。他站在那里发抖，睁着被捕猎的猎物般视而不见的两眼呆望他们。

“你叫贺尔吗？”雀鹰问道。他问话的声音是用他本人的声音，这声音质地粗哑，但语气温和。男子没回答，好像没回神，或是没听见。“我要向你打听一点事。”雀鹰说道，对方仍然没回复，“我会付钱。”

对方过了很久才反应：“象牙或黄金？”

"黄金。"

"多少？"

"法术有多少价值，巫师最清楚。"

贺尔的面孔瑟缩了一下，而且神色一转，变得精神起来。但那转变快得好像火焰一闪而逝，他马上又转回阴郁木然的表情。"法术全部不见了，"他说，"都不见了。"一阵咳嗽使他弯了腰，吐出黑痰。等到挺直腰杆，精神已相当不济，单顾着发抖，好像忘了刚才在说什么。

亚刃再次凝神注视他。这男子站立的所在，是大门两侧两尊雕像的中间。那两尊雕像的颈子倾斜顶住建筑的山形墙，肌肉虬结的身躯只有一部分突出墙壁，看来仿佛一直想从岩石挣扎出来，进入有生命的人间，但中途失败了。它们所守护的这扇门，绞链已经腐朽；这栋原为宫殿的房子，人去楼空。大石像凸出的沉郁脸孔被削去一些，长了苔藓。那名男子站在这两尊壮硕的雕像中间，萎顿而脆弱，两眼有如空屋的暗窗。他向雀鹰举起那只残废的手，低声乞讨："施舍一点给可怜的残废人吧，大爷……"

法师蹙眉，像是痛苦又像惭愧；亚刃感觉自己霎时见到法师乔装背后的真实面孔。法师再度将手搭在贺尔肩头，轻轻说了几个字，是亚刃听不懂的巫师语言。

但贺尔懂。他单手紧抓雀鹰，口吃道："你还能讲……讲……

跟我来，来……”

法师瞥一眼亚刃，点点头。

他们走下陡斜的街道，进入霍特镇三座山丘之间的谷地。一路经过的下坡街道愈来愈窄、暗、静。飞翘的屋檐使天空缩小成一条灰色带，两旁的住屋都阴冷潮湿。谷底有条小溪，臭得好像未加盖的阴沟。在几座拱桥之间，住家沿溪岸集中。到了其中一间屋子，贺尔转身进入阴暗的大门，有如一支蜡烛突然熄灭般消失不见。他们跟着入内。

楼道里没有燃灯照明，阶梯踩上去不但发出吱嘎声，还会摇晃。到了梯顶，由于贺尔推开一扇门，他们才看清置身之处：一个空房间，角落有草褥，房内有一扇没上漆的素面板窗，从窗户射进些许朦胧光线。

贺尔转身面向雀鹰，再度抓紧雀鹰的手臂。他的嘴唇在动，但老半天才支支吾吾地说：“龙……龙……”

雀鹰以安定的眼神看着贺尔，没说话。

“我不能施法了。”贺尔说着，放开雀鹰的手臂，蹲伏在地上哭泣。

法师在他身边跪下，轻轻用太古语对他说话。亚刃站在关着的门边，一手放在刀柄上。迷蒙的光线、积尘的房里，两个跪着的形体，法师使用龙语小声说话的奇异声音，这种种宛若梦境，与屋外世界或流逝的时间一无关连。

贺尔缓缓起身，单手拍拍膝盖上的灰尘，把残肢移到背后，看看四周，看看亚刃；现在，他总算“视而可见”了。不久，他转身走去坐在草褥上。亚刃依旧站着，保持警戒；而雀鹰由于童年家境也是这么四壁萧然，便泰然自若地直接盘腿坐在一无铺垫的地上，说：“告诉我，你怎么丧失你的技艺，怎么遗忘施展技艺所使用的语言。”

贺尔良久没回话，只不停用断肢拼命打大腿，最后才突然把心里的话逼出来：“他们砍去我的手，害我不能织构法术。他们砍了我的手，血流出来，流干了。”

“但那是你丧失力量以后的事，贺尔，不然他们根本砍不了你的手。”

“力量……”

“就是操控风、浪以及人的力量。借由叫出它们的名字，你可以使它们服从你。”

“没错。我记得自己曾活着，”男子哑着嗓子轻道，“而且我也会那些语言、那些名字……”

“你现在死了吗？”

“不，活着，活着。我曾经是一只龙……我没死，只是偶尔睡着了。每个人都晓得，睡眠与死亡相似。每个人都晓得，亡者步行于梦中，他们活生生地来找你，对你说话。他们脱离死域，进入梦境。有条通路可以去。要是你走得够远，还有路可以回来，没问题。只要知道去哪里找，就找得到——要是你愿意付代价。”

“付什么代价？”雀鹰的声音飘浮在幽暗的空中，宛如落叶的影子。

“生命呀！还会有什么代价。除了用生命，你还能用什么去买生命？”贺尔坐在草褥上前后摇晃，露出狡猾诡诈的目光。“你瞧，”他说，“他们可以砍去我的手，他们可以砍去我的头。无所谓，我能找到回来的路，我晓得到哪里找。有力量的人才可能去那里。”

“你是指——巫师？”

“对。”贺尔迟疑道，样子好像曾尝试几次，却没办法说出“巫师”两字。“有力量的男人，”他重复道，“而且他们必须——他们必须放弃力量，作为代价。”

说完，他变得不高兴起来，仿佛“代价”两个字终于引发某些联想，也才使他明白，他这么做只是在提供信息，而不是交易。所以，他们再也无法从贺尔那里获得更多讯息。在雀鹰看来，“回来的路”似乎还算有意义，但现在连这种结结巴巴的暗示都得不到了，贺尔不肯再说话。不久，法师放弃，站了起来。

“唉，只得一半答案，还不如什么都没有。”他说，“但是，钱仍照付。”说着，他丢了一锭金子到贺尔面前的褥子上，动作如魔法师般灵巧。

贺尔把金子捡起来，望望金子，望望雀鹰，还有亚刃，甩甩头。“等等。”他咕哝道。情势这么一变，害他顿失掌控，只得狼狈苦思原本想讲的话。“今天夜里，”他终于说，“等等……今天夜里。我有迷幻草。”

“我不需要迷幻草。”

“为了带你……为了带你看路。今天夜里，我带你去，我会带你去看。你能去那里，因为你……你是……”他苦思那个字，雀鹰替他说：“我是巫师。”

“对了！所以我们……能……我们能去那里。去那条路。等我做梦的时候，在梦中，懂吗？我会带你，你跟我去，去……去那条路。”

雀鹰在这间阴暗的房内立定深思。“或许吧，”他好久才说，“如果要去，我们天黑以前就会去。”说完，他转身面向亚刃，亚刃马上打开房门，急忙离开。

相较于贺尔的房间，那条阴暗潮湿的街道好像花园般明亮。他们抄近路，往城镇上方走。那条捷径是一道陡梯，夹在长着藤蔓的住屋墙壁间。亚刃爬得气喘如牛——“呼！您打算再回那里去吗？”

“是，我会去的。要是不能从一个比较不冒险的来源获得相同的信息，我就要去。但，到时候他可能会设埋伏。”

“您不是已经做了防卫，能够防备窃贼之类的伤害吗？”

“防卫？”雀鹰说，“你指什么？是不是你认为，我随时用法术包裹着自己，像老婆婆怕风湿那样？我根本没有时间那样做。我隐藏面孔，以掩饰我们的查访，这就行了。我们可以互相为对方留神提防。但事实上，这趟旅程绝没办法避免危险。”

“那当然，”亚刃僵僵地说着，因拉不下脸而暗中生怒，“我才没那样期望。”

“那就好。”法师说道，虽然语气坚定，但态度和悦，倒也平息了亚刃的怒火。老实说，亚刃为自己的怒意感到震惊，他从没想过这样子对大法师说话。不过，这个人既是大法师，又不是大法师，他是侯鹰，长了狮子鼻、方颊乱须，声音忽儿像这个人，忽儿像那个人，变来变去，是个不可靠的陌生人。

“那男人刚才对你说的事，你听起来有意义吗？”亚刃问道，因为他不希望重回那个在臭河沟上方的阴暗房间，“什么……活呀，死呀，回来时被砍了头，等等。”

“我不晓得那些话有没有意义，我当时只是想跟一个丧失力量的巫师谈一谈。他说他没有丧失力量，而是把力量交了出去——作为交换。交换什么呢？他说，用生命交换生命，用力量交换力量。不，我不懂他的话，但值得听一听。”

雀鹰沉着的理性，让亚刃愈感惭愧。他觉得自己像小孩一样乱使性子，像小孩一样焦躁不安。自从碰到贺尔之后，他就感觉恍惚出神，但现在，那股出神感中断了，变得十分嫌恶，好像吃了什么脏东西。于是他决定，除非等到控制好自己的情绪，否则不再说话。但决定后的下一刻，老旧平滑的阶梯害他没踩好步伐，溜了一下，赶紧两手抓住旁边岩石才稳住自己。“噢，诅咒这个龌龊的城镇！”他气得大叫。法师淡然答道：“大概没必要吧。”

霍特镇真的有什么地方不对劲，连空气本身都不对劲，糟到这种地步，恐怕会让人以为它真的受了诅咒。问题是，它的不对劲并非“存在”什么质感，而是“缺乏”什么质感所致——因为所有质感都日益薄弱，变得有如一种疾病，即使才来不久的旅客，也受感染。连午后太阳也沉重燠热得让人不舒服，一点也不像三月天。各广场和街道熙来攘往，一派生意兴隆的样子，但论秩序和繁荣，则一点也谈不上。商品质地差、价格高，窃贼横行，帮派出没，对小贩和往来顾客都不安全。街上少见妇人，若有，也都结伴而行。这是个没有法治的城镇。亚刃与雀鹰同镇民交谈几回下来，已知霍特镇没有议会、镇长或领主。以前治理该镇的人，有的已作古，有的已退隐，有的遭暗杀；现在是不同的首领在不同的地区划地称王，港口则由港口卫兵一手管理，只顾中饱私囊；诸多现象不一而足。总之，镇上没有中心，镇民往来奔忙，似乎毫无目的。工人好像普遍缺乏工作意愿；强盗抢劫，因为他们只知这种生存方式。大港市特有的喧嚷与明灿，霍特镇都具备，但只流于表面；城镇边缘有一大堆嚼食迷幻草的人，呆滞不动。在这样的表面底下，一切都好像不真实，包括脸孔、声音、气味都一样。那个漫长炎热的下午，雀鹰与亚刃沿街漫步，偶尔与人交谈，一直觉得景物渐渐消退——包括条纹遮阳篷、肮脏的圆石街道、涂颜色的墙壁。所有鲜活的存在，行将消逝，仅余空泛沉寂的梦幻城市留置于氤氲迷蒙的阳光之中。

接近傍晚时，他们走到城镇最高处略事休息，才稍微打破那种罹病似的白日梦之感。“这不是个招好运的城镇。”好几个小时以前，雀鹰就这么表示，在这个城里步行游荡数小时，与陌生人随意交谈下来，他已显得疲倦而阴沉。他的乔装易容有些败露了：海上商人的方脸上，已可见到几分本有的严峻与黝黑。亚刃一直还无法卸除早上的兴奋躁动之感。他们坐在山顶粗草铺地的潘第可树林荫下，那些树有深绿色叶子和红色花苞，有的已绽放花朵。他们坐在那高处，所见的城镇只是无数屋顶鳞次栉比沿山坡层层降至海湾。展开双臂的海湾在春天雾霭中呈蓝灰色，上接天际，两相交融，无边无际。他们坐观那片无尽的蓝，亚刃心门大敞，迎接并赞美这世界，感觉心智清澄。

他们在附近一条小溪喝水，小溪源头在山后头某大户人家的花园里，溪水清澈地流过土褐色的岩石。亚刃不但大口喝水，还把整个头浸入凉水中，起身时，不由得夸张地朗诵《莫瑞德行谊》中的词句：

虚里丝之泉，银色水琴弦，深赞美兮；

溪水止我渴，吾名永祝颂，恒久远兮。

雀鹰笑他，亚刃也跟着笑，并学小狗用力甩头，闪亮的水珠在最后一抹金色暮光中四散飞溅。

他们离开树林，再度下坡走回街道。在一个卖油腻鱼饼的摊子吃了晚餐之后，已是夜色笼罩。狭窄的街道暗得特别快。“孩子，我们差不多该走了。”雀鹰说。亚刃应道：“回船上？”但他知道雀鹰不是指回船，而是要去那间位于河沟之上，一无陈设、肮脏烦人的小屋。

贺尔正在门口等着他们。

他点燃油灯，好让他们看见阶梯。他掌灯时，油灯微弱的火焰一直抖动，在墙壁上投射出巨大阴影。

他为两位客人多准备了一处草堆，但亚刃决定坐在门边没铺草的地板上。这扇门是向外开的，若要守卫，其实应该坐在门外才对，但他无法忍受门外漆黑的穿堂，何况他还想留意着贺尔。雀鹰的注意力——说不定还包括他的巫力——会专注在贺尔将要告诉他、带他去看的事情上；所以，保持警觉以防诡诈的责任，都得靠亚刃。

贺尔比早上坐得直了些，抖得也没那么厉害了，而且洗了嘴巴和牙齿。起初讲话时，虽然仍有点兴奋，但还算清醒。他注视油灯的那双眼睛很黑，看起来像动物的眼睛，几乎看不见眼白。他拼命跟雀鹰争论，一直鼓吹雀鹰嚼食迷幻草。“我要带你去，带你和我一起去。我们必须同路，等一下不管你准备好没有，我都要去，所以你得吃点迷幻草，以便跟随我。”

“我可以跟随，没问题。”

“你到不了我要去的地方。这不是……施法术。”他好像没办法说出“巫师”或“巫艺”两个字，“我晓得你能去到那……那个地方，对，就是那道墙。但你要看的东西不在那里，要走另外一条路。”

“只要你去了，我就能跟随。”

贺尔摇头，他原本俊秀，而今不复的脸庞，红了一下，并不时瞥瞥亚刃——虽然他只对雀鹰讲话：“你看，世上有两种人，不是吗？我们这种，以及其他人。那些——龙，以及其余的。没有力量的人只是半死半活，他们不算数，他们不清楚自己的梦，他们怕黑。但他们以外的那些人中之贵，就不怕进入黑暗。我们有力量。”

“只要我们知道事物的名字就不会害怕。”

“可是，名字在那边一点也不关紧要——这是要点所在，这是要点所在！你需要的不是‘作为’，不是‘所知’。法术没有用。你必须忘记全部法术，随它去。迷幻草可以帮点忙，吃了它就会忘记名字，就会忘记事物的形式，直接进入真实。我很快就要去了，要是你想去我所说的那里探看，以便知道该怎么做的话，就留神喽。像我，都遵照他所说的去做。要成为生命的主人之前，必须先成为凡人的主人。你必须去发现其中的奥秘。我虽然能告诉你它的名字，但名字有什么用呢？名字不真实，它不是永恒的真实。连龙都没办法去那里，龙已经死了，全死了。今晚我吃了这么多迷幻草，你一定跟不上我，差太远了。在我迷路的时候你可以为我引路。记得那个奥秘吗？记得吗？没有死亡，没有死亡。没有！没有汗臭的床铺和腐烂的棺木，没有了，永远不再有了。鲜血如干河床枯涸，而且不见了。没有惧怕，没有死亡。名字消逝，咒语和恐惧都消逝。告诉我我在哪里迷失，告诉我，主人……”

他继续在一种狂喜状态中胡言乱语，听起来像诵念法术，却什么也没有呈现出来：没有咒语，没有完整的词句，也没有任何意义。亚刃听着，听着，努力想理解。要是能理解该多好！雀鹰真该遵照贺尔所说的，至少这一回吃点迷幻草，那样他才能发现贺尔说的那些事情的内幕——那个他不愿，或无法讲出来的秘密。不然的话，他们何必跑这一趟？亚刃看看贺尔狂喜的面孔，再看看另一人的侧面。法师大概已经明白了——因为他的侧面看起来坚定如岩石。那个狮子鼻呢？那个漠然的表情呢？海上商人侯鹰不见了，被忘记了。坐在那里的，是法师，大法师。

这时，贺尔的声音转为低声咕哝，并摆动盘腿而坐的上身。他的面孔显得狂野起来，嘴巴松弛张开。他与面前那人之间的地上，放着那盏小油灯，一直没说话的那人，这时伸手握住贺尔的手。但亚刃没看见他伸手。事情的顺序有点不衔接——因为有了“不存在的间隙”出现。想必是昏昏欲睡的关系。肯定已经几个小时过去了，大概接近午夜了吧。要是他睡着，会不会因而也能跟随贺尔进入他的梦，去到那个“所在”，那个秘密通道？说不定可以呢。现在看起来很有可能。但他得看守大门呀。虽然他和雀鹰事前没怎么商量，但两人都明白，贺尔要他们夜里重回小屋，可能有什么埋伏的不轨计谋。此人当过海盗，晓得强盗行径。他们虽然一点也没提到守卫的事，但亚刃知道他应该负责守卫，因为法师去进行奇特的心灵之旅时，一定毫无防卫。可是为什么自己偏像个傻瓜，把剑留在船上？要是房门突然在后头迸开，他的刀子能有多少用处？不过，那种情况不会发生，因为他可以注意听，可以防备那些意外。贺尔这时已经不讲话了，两人全然安静，整个房子都安静，要是有人爬上那道摇摇欲坠的阶梯，不可能不弄出一点声音。要是听见什么声音，他可以大喊，届时，恍惚的迷离幻境可以打破，雀鹰会回来，使出“巫师之怒”的复仇闪电，保卫自己和亚刃……亚刃刚才在门边落坐时，雀鹰曾注视他，虽然只是一眼，却是赞赏的一眼——赞赏与信任。他既然负责守卫，那么，只要他继续看守就不会有危险。可是，这个任务真不容易啊，要一直注意那两张脸，注意两人中间的地板上那盏如豆的灯火。这时，两人都没说话，两人都没移动，眼睛都张开，但没在看灯火，也没看这个脏房间，没看这个世界，而是在看某个梦幻世界或死亡世界……注意看着他们就好，别妄想跟着去……

在那片无边枯燥的黑暗中，有个人站着向他招手，并说：来呀。那是魁梧的冥界之主。他手中持握的灯火小如珍珠，他把灯火伸向亚刃，给他生命。亚刃慢慢向他靠近一步，随他走去。

第四章

法术光

MAGELIGHT

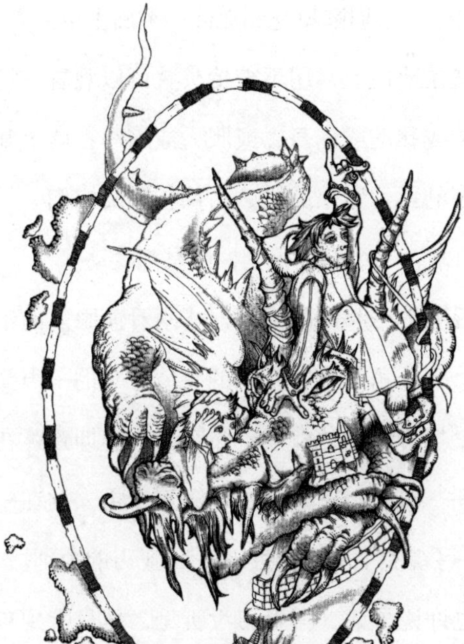

干，他嘴干。不但嘴里吃到泥沙，嘴唇上也沾满了泥沙。

由于横倒在地板上，用不着抬头就可以观看一场影子戏：几个巨大的黑影或移动或屈身，或胀大或缩小；墙上和天花板则有几个比较模糊的影子跑来跑去，仿佛在嘲笑它们。另外有两个影子，一个在角落，一个在地板上，倒是都没动。

他感觉后脑勺疼起来的同时，才刚看懂眼前的景象，就在那瞬间冻结了：一处角落里，贺尔的头“砰”的一声撞在自己的膝盖上，雀鹰紧接着趴在他背上。一个男人随即跨跪在雀鹰身上，第二个男人朝一只袋子里装金块，第三个男人站在一旁观看。这第三个男人一手掌灯，一手执剑——是亚刃的短剑。

这几人也许说了话，但亚刃没听见，他只听到自己的内心正急切而明白地告诉他，该如何采取行动。他立刻照办了——他徐徐向前爬行两尺，迅速伸出左手抓取那个赃物袋，然后一跃而起，高吼着冲向阶梯，飞奔而下。虽然那道阶梯伸手不见五指，但他没有踩空，甚至宛如飞翔般不觉得脚踩到了阶梯。他闯进街道，全速跑向黑暗。

两旁的房舍在漫天繁星的映衬下好像黑色的庞然大物。右手边的溪面依稀倒映着星光。虽然他不清楚这里的街道通向何处，但他还是可以分辨出十字路口，于是转身折回来时的路上。他听见后面有人追来，距离不是很远。追赶者都打赤脚，所以脚步杂沓的声音很轻，倒是喘息声非常大。假如有空闲，亚刃一定会停下来大笑，因为他总算明白“被追”是什么滋味了。过去，他一向是追猎者——追捕猎物的猎手。而今他终于知道了被追者的想法：是想独处，希望自由。他朝右跑上一座墙垛很高的桥，躲躲闪闪溜进侧边一条街道，绕过一个街角后，重新见到河沟。他沿河岸跑了一段路之后再穿越另外一座桥。他那双鞋踩在圆石路上，发出不小的声音——是全镇唯一的声响。他在桥墩处暂停一下，想松开鞋带把鞋子脱下来，但缠结的鞋带老是解不开，而他尚未摆脱追赶者。河对岸有灯火闪了一下，轻重不一的脚步声仍持续不停。但是，他无法摆脱他们，只能赶快拼命跑，一直跑在前头，好让他们离开那间灰尘满布的房间，离得越远越好——他的外套早就被脱走了，强盗顺便把他的短剑也抢走了，他现在虽然穿着短袖衣服，轻轻便便，但仍觉得热。满头大汗不说，后脑的疼痛一直随着每一步的奔跑而加剧，但他还是跑，一直跑……赃物袋成了奔跑的妨碍，于是他把它扔了。一块没装好的金块随之飞出，摔在石头地面上，发出清脆的碰撞声。“你们的钱在这儿！”他大叫，声音沙哑而气喘吁吁，但他继续跑。

街道突然没了去路。前面没有岔路，也不见星光，是条死巷！他没迟疑，立刻扭头，反身向追赶者跑去。那只灯笼的光亮在他眼中摇晃。他一边冲过去，一边挑衅地大吼。

有盏灯笼的亮光在他面前晃动，那亮光有如微弱的光点夹在一大片动荡的灰茫当中。他盯着它好一会儿，它变得愈来愈微弱，最后被一个黑影遮盖。等到遮盖它的黑影移走，那光亮也不见了。他有点惋惜——或许是为他自己吧，因为他晓得：必须醒来了。

那盏灯火已熄的灯笼，依旧悬挂在船桅上。四周的海洋被正要升起的太阳渐渐照亮。有鼓击声传出，船桨沉重单调地摇着，船木吱嘎作响，宛如千百个微声合鸣。船首有个男人对他后头的水手喊话。与亚刃一同被锁链拴在近船尾处的男人，个个默不吭声。他们的腰间都有铁环，腕际有手铐，每个人的铁环和手铐都以短而重的铁链与旁边的人拴在一起，腰间的铁链还拴在甲板上，所以这些被上了枷锁的人，可以坐、可以蹲，但没办法站直；而且由于被拴得太紧密，也没办法躺下，只能像货物般紧挨成一团。亚刃被拴在前左舷的角落，所以只要把头抬高，两眼刚好可看见船舱及船栏中间的甲板地带，甲板宽约两尺。

昨夜那场追赶，以及碰到死巷之后的事，他不太记得。只依稀晓得他曾出手打斗、被击倒，后遭捆绑，被扛去一个不知名的地方。依稀听到一个怪里怪气小声讲话的男人声音，也看得出那是一个好似锻铁场的所在，有锻熔的火光在闪跳——事实如何，他无法回想起。然而，他很清楚的是，眼前这是一艘奴隶船，他被抓了来，正要送去卖掉。

他不觉得这处境与他有什么大关系，因为他太渴了，而且整个身子加上头，到处都在痛。太阳升起后，阳光更刺痛了他双眼。

晨午之间，他们每个人总算吃到了四分之一块面包，也从兽皮水壶喝了好大一口水。给他们水喝的那个男人，一副尖刻冷酷的长相，脖子系了一条有金色钉饰、状如小狗颈圈的宽皮带。听他说话，亚刃认出来，这声音就是昨夜那个怪里怪气发出耳语的男人声音。

水与食物不但缓解了他肉体上的凄惨状态，也使他头脑清晰起来，他于是头一回把目光转向身边的奴隶伙伴们。有三人与他拴在同一排，后头另外拴着四个。这些人，有的把头埋在弓起来的膝头，其中一个不时垂下头，大概生了病或嗑了药。紧邻亚刃的一位，年约二十，脸孔宽阔扁平。“他们要带我们去哪里？”亚刃问他。

那个邻伴注视他，龇牙咧嘴耸耸肩——两人的头相距不及一尺。亚刃以为，他的意思是“不晓得”。但接着，他扭动被铐的手臂，作状要比手势，同时张开仍然咧着的嘴——那张应该有舌头的嘴里，却只见一个暗色的舌根。

“应该是去肖尔吧！”亚刃的后头有人回答。然后另一人说：“或是去阿姆冉的市集。”这时，那个戴着颈圈、似乎无所不在的男人走过来，俯在舱口嘘声道：“你们如果不想被当成鲨鱼饵，就闭嘴。”于是所有人都闭上嘴。

亚刃努力想象肖尔、阿姆冉市集那种贩卖奴隶的地方。奴隶贩子一定会让奴隶出去站在买主面前，与家乡贝里拉的市场出售公牛或公羊一样，这是毋庸置疑的。到时候，他必须铐着锁链站在市场里，有人会把他买回家去，然后对他发号施令，他会拒绝服从命令；或者先服从，然后设法逃跑。但不管用哪种方式，他最终都会被杀掉。做这结论，倒不是因为他一想到被奴役就全心反抗，他此刻实在太虚弱、太混乱，根本没有心力反抗；纯粹只是他晓得自己没办法服从命令，那么不出一两周，他肯定会死掉或被杀。尽管他明白这是必然的事实，也接受了，但这事实依旧让他害怕，不敢再往下想。他低头凝视两脚之间肮脏的船板，裸露的肩膀感到日晒的灼热，嘴里又渐渐干渴起来，喉咙也慢慢觉得紧缩。

太阳西沉，夜晚再次降临，澄澈寒冷，明锐的星星露脸了。海面上没有一丝风，鼓声响起，作为划桨的号子，听来有如徐缓的心跳。现在，“寒冷”成了最让他难受的事。亚刃的背部从后头那人紧并的双腿获得一点温暖，左侧也由那个哑巴获得一些温暖。那哑巴弓背坐着，一路上不停哼着单音调的韵律。桨手换班之后，鼓声再响。白天时，亚刃一直期待黑夜到来，等到黑夜来临，他却睡不着，骨头酸痛，又无法转换姿势，只能一直坐着发疼、发抖、干渴，并呆望星斗。那些星星，好像随着桨手每个动作，也跟着在天空大幅度划动一下，然后滑回原位、静止；再划动，滑回、静止……

戴着颈圈的那个男人与另一人站在船尾与桅杆之间的地方，桅杆上那个晃动的小灯笼在两人之间散发微光，并投射出两人的头部和肩膀侧影。“去他妈的，起雾了，”戴颈圈的男人用细弱的声音恨恨地说道，“一年当中这种时候，南方海域起什么雾吗？去他的霉运！”

鼓击依旧。星斗划动、滑回、静止。亚刃身旁那个没有舌头的男人突然全身打个寒战，并仰头发出梦魇般恐怖无形的长号。“那边，给我安静！”船桅旁那个男人大吼。哑巴又打了个寒战之后就安静了，仅以上下颚做出磨擦咀嚼状。

星星悄悄向前滑动而不见。

船桅晃动之后，也看不见了。亚刃觉得好像有条冰凉的灰毯子盖上背脊。鼓声减弱一下又恢复，但速度变慢了。

“这雾，浓得像凝结的牛奶。”亚刃听见头上方某处，那个声音沙哑的男人说，“喂，继续划桨！这一带二十里内没有沙洲！”

浓雾中，有只粗硬带疤的脚踩踏过来，近距离出现在亚刃面前，但停了一下就移走了。

在雾中感觉不出船只前行，只能感觉它在摇摆，并听见船桨推拉的声音。规律的鼓击仿佛消了声，四周黏湿寒冷。亚刃头发上集结的雾气凝成水珠流入他眼睛，他努力用舌尖去接水滴，并张口呼吸湿润的空气，希望借此解渴，只是牙齿忍不住打战。一条冰冷的金属链甩到他的大腿股，触碰之处有如火烧般灼疼。鼓声咚咚，然后止歇。

一片寂静。

“继续击鼓！出了什么状况啦？”沙哑如耳语的那个男人声音从船首发出，但没人回答。

船只在阒静的大海上又前进了一点，模糊难辨的船栏外，一片空茫，什么也瞧不见，但好像有东西擦到了船身。在这片诡异的死寂幽暗中，那个磨擦声显得格外清晰。“我们触礁了！”囚犯中有人小声说，但四周的死寂覆盖了他的声音。

浓雾变明亮了，宛如有光亮在雾中放射。亚刃因而看清楚了同自己拴在一起那几名奴隶的面孔，他们头发上沾着的水汽都在闪光。船身又晃了一下，他借机使劲扭动锁链，并拼命伸长脖子，以便看清前头的情况：甲板上的浓雾，宛如薄云后的明月，放出寒光。桨手好像雕像般坐着，几个船员站在船腰地带，两眼都在微微发光。舱门边有个男人独自站立，光亮是从他身上放射出来的，包括他的面孔、两手，以及一根有如熔银般发亮的手杖。

那个发亮的男人脚边，有个黑暗形体蹲伏着。

亚刃想说话，但说不出来。大法师全身罩覆光亮向他走来，然后在甲板上跪下。亚刃感觉大法师伸手摸他，也听见大法师张口说话，接着，感觉腰间和手腕的枷锁不见了，船尾响起锁链相撞的哐当声，但没有人移动，只有亚刃试着站起来却站不起来——是束缚过久不动的缘故。大法师有力的手握住他的手臂，借此一臂之助，亚刃总算爬出货舱，然后趴在甲板上。

大法师走开，雾蒙蒙的光亮随着他的走动，照在静止不动的桨手脸上。他走到蹲伏在船栏边那个男人身边，然后止住步子。

“埃格，我向来不惩罚，”说话者坚定清晰的声音，与雾中清冷的法术光同样清冷，“但基于公道正义，我把这件事算在你账上：从今天起，你将变成哑巴，直到你找着值得一说的只字片语为止。”

他转头走回亚刃身边，伸手扶持亚刃站起来：“走吧，孩子。”有他帮忙，亚刃勉强蹒跚前行。然后半爬半跌，踏上那条在奴隶船边轻摇的小船“瞻远”。在雾中看来，她的船帆如同飞蛾之翼。

光亮在同样的死寂中消逝，小船由大船船侧转向驶离。那艘大船，以及模糊的船桅灯笼、静止的桨手、笨重粗大的黑色船身，好像瞬间不见了。亚刃仿佛听见几声呐喊当空破出，但声音薄弱，而且很快消逝。不久，浓雾开始变薄并散开，在黑暗中吹拂而去。他们驶出浓雾区，进入星空下，“瞻远”安静得有如一只飞蛾在大洋清明的夜色中穿梭。

雀鹰拿几条毯子替亚刃盖好，并给他水喝。亚刃突然感到想哭，雀鹰伸手放在男孩的肩头，但什么话也没说。不过，他的触摸带来温柔坚定的力量，受安慰的感受慢慢传遍亚刃全身，使他温暖，加上小船轻摇，舒解了他的心。

亚刃仰望同伴。他黝黑的脸孔已经没有了那种神圣的光彩，但他背后闪烁的星空，使亚刃几乎无法看清他的容颜。

小船继续在咒语的指引下飞驶，两边船侧的浪花仿佛受惊而低语。

“那个戴颈圈的男人是什么人？”

“安静躺着。他是个海盗，名叫埃格。他戴那条项圈，是为了隐藏以前被刀割的伤痕。看来他的海盗行业没落了，换做奴隶买卖。但这回可让他碰到好主顾了。”说话者嘲讽的平静声音里，含有一丝满足。

“你怎么找到我的？”

“巫术，加上贿赂……我白白浪费了时间。本来我不希望人家知道，大法师暨柔克学院护持竟然在霍特镇那种鱼龙混杂的地方寻访，所以很希望能够一直保持乔装，但结果却不得不追踪这个人、追踪那个人。而且等我终于发现奴隶船在破晓前就已出航时，不觉大为光火，所以就把‘瞻远’开来，由于海上平静无风，只好为她的船帆注入法术风，又迅速把港湾内所有船只的船桨都用桨栓暂时固定——要是他们声称法术全是谎言和矫饰，那么，船桨被法术这样固定而动弹不得，该如何解释，那是他们的问题了。可是，我却因仓促和愤怒而错失了埃格的船，他的船为了躲避暗礁而朝东南方驶离港口。这一整天，凡我所做的事，都碰到霉运。在霍特镇实在没有好运可言……唉，反正最后我是利用寻查术，才摸黑登上了他们的船。你是不是该睡个觉，好好休息了？”

“我还好，感觉好多了。”亚刃原本的寒冷被轻微的发烧所取代，不过，他确实感觉好多了，虽然身子虚乏，思绪却轻盈地跳来跳去，“你多久就清醒了？后来贺尔怎么样？”

“我和白日天光一同醒来。所幸我的头还算硬，只是耳朵后方有个肿块和割伤，好摸起来像裂开的小黄瓜。至于贺尔，我把他留在‘药眠’当中。”

“都怪我没看守好……”

“却不是因为打盹的关系。”

“对。”亚刃支吾道，“都是因为……我当时……”

“你在我前方，我看到你，”雀鹰口气怪异，“他们蹑手蹑脚上来，把我们当成待宰的羔羊当头击倒，取走金子和上好质料的衣物，以及一个可卖的奴隶，就逃之夭夭了。孩子，他们要的人是你。把你带到阿姆冉市集，能卖到一座农场那么好的价钱。”

“他们敲得倒不重，所以我后来也醒了。在他们把我逼到死巷之前，我着实让他们跑了好一阵子，而且把他们抢来的战利品散在街上。”亚刃两眼发亮。

“他们还在那里时，你就醒来了，然后跑走？为什么呢？”

“引开他们，别让他们加害你呀，”雀鹰话中的惊讶，瞬间挫败了亚刃的自豪，亚刃于是不悦地又说，“我当时以为他们要捉拿的人是你，我以为他们可能杀掉你，所以才抓走他们的赃物袋，好让他们追我。而且我边跑边叫，让他们可以跟来。”

“啊，他们是跟去了没错！”雀鹰只是这么说，一点也没表示赞赏，倒是坐着沉思了一会儿，才又说，“你当时没想到我可能已经死了吗？”

“没有。”

“先谋杀再抢劫，这是比较安全的办法。”

“我没那么想，当时只想到把他们引离你身边。”

“为什么？”

“因为引开了他们，让你有时间醒来，你或许就能出手防卫，然后把我们两人带离险境，或者，无论如何至少你可以独自逃离。我原本负责守卫，末了却失于防守，我想弥补。你是我守卫的对象，你是关系重大的人，我理当保护。或者，起码视你的需要而采取必要行动，因为是你将带领我们。不管我们未来走去哪里，带领的人，以及拨乱反正的人，都是你。”

“是吗？”大法师说，“昨夜之前，我也一直这么想。我以为我有个追随者，但事实上是我追随你呢，孩子。”他的声音很冷静，但可能带点嘲讽。亚刃不晓得该如何接口，他真的完全糊涂了。他一直以为，他当时睡着或是因恍惚而疏于守护，所犯的错误，勉强可以通过引开抢匪的功劳弥补，但现在显然变成：诱引抢匪离开雀鹰是愚笨的做法，而在错误时刻进入恍惚，反而是一项绝妙的聪明之举。

“大师，我让您失望了，真抱歉。”他终于说话了，双唇有点僵硬，而且，欲哭的感觉再度难以控制，“还劳您救了我一命……”

“而你或许也救了我一命——”法师粗率道，“谁晓得会发生什么事呢？他们顺利击倒我们时，也有可能把我的喉咙割了。亚刃，别再哭了，很高兴现在你又跟我会合了。”

说完，他走向储藏箱，点燃烧炭的小炉子，开始忙起来。亚刃躺着看星，情绪渐渐平静，心思也慢慢不乱奔驰了。于是，他想通，无论他做了什么，还是没做什么，雀鹰都不会妄加评断。凡他已做的，雀鹰都接受为事实。“我向来不惩罚。”他已经对埃格这么说过了，说的时候声音非常冷静。看来，他也是不奖赏的。但他毕竟曾极速横越海洋搭救亚刃，而且为了亚刃猛施法力。今后，必要时他还会再这么做。他是个可靠的人。

雀鹰值得亚刃对他付出全部的爱和信赖。事实上，雀鹰也信赖亚刃。亚刃先前的举动是对的。

法师这时回来了，递给亚刃一杯冒热气的酒：“这东西或许可以助你入睡。当心点，会烫舌。”

“这酒打哪儿来的？我一直没见到船上有酒囊……”

“‘瞻远’这条船上所有的东西，比双眼能见的还多。”雀鹰边说边在他身旁落座。亚刃听见他在黑暗中发笑，很短促，几乎听不见。

亚刃坐起来喝酒。酒很好喝，而且补身提神。他问："我们现在上哪儿去？"

"向西航行。"

"昨天你跟贺尔去了哪里？"

"进入黑暗之域。我一直没跟丢，但他自己倒是走失了。他在黑域外围那片错乱而又充满梦魇的无尽荒野流连徘徊。他的灵魂在那可怕的地方，一如小鸟吱喳，也好像远离海洋的海鸥在啼叫。他根本不是什么向导，他早就迷失了。他空有法术技艺，却从不看前面的道路，只顾看自己。"

亚刃听不懂话中含义，但此刻他也不想弄懂。他多少有过被拖进巫师所说的"黑域"的经验，但实在不愿回想那个经验，那与他一点关系也没有。老实说，他不想睡着，以免又在梦中见到那个黑域、那个黑暗身影——就是那个递出一颗珍珠般的光芒、小声说着"来呀"的黑影。

"大师，"他的心思突然转到另一个题目，"为什么……"

"睡吧！"雀鹰稍带不悦地说。

"大师，我睡不着。我想不通您为什么不解放那些奴隶。"

"我解放他们了呀。那艘船上的枷锁都解开了。"

“但埃格手下有武器。要是您绑住他们……”

“哦，要是我绑住他们，如何呢？他们才不过六个人，而桨手们和你一样，都是被锁链拴住的奴隶。现在这时候，埃格与手下恐怕全死了，不然就是被拴起来准备当奴隶卖掉。反正，我让奴隶们自由去战斗，或者去谈判。我决不当收买奴隶的人。”

“但您明知他们是为非作歹的家伙——”

“明知他们为非作歹，还要与他们沆瀣一气？让他们左右我的行为吗？我不打算替他们抉择，也不打算让他们替我抉择！”

亚刃哑口无言，深思起来。不久，法师柔和地说：“亚刃，你明白吗？一项举动不像年轻人想的那样，有如捡起而来丢出去的一颗石头，不是打中目标，就是错过目标，然后就完毕了。一颗石子被捡起来，土地因而变轻，拿石头的手因而变重。把石头丢出去时，天上星辰以绕行相应。石头打中或坠落，宇宙都因之改变。整体的均衡，仰赖每项单一行动。风、海、水、地与光的力量，以及禽兽、植物都如此，一切都完好、合宜地搭配着。这一切行动都涵括在‘一体至衡’当中。举凡飓风、大鲸鱼的号鸣、枯叶的吹落、蚊蚋的飞移，一切行动都在整体均衡的范围内。我们，既然具备力量操控世界，并且能够相互操控，就必须学会按照落叶、鲸鱼、风的本性去行动。我们必须学会保持那均衡。既然有智力，我们就一定不能轻举妄动；既然有选择，我们就一定不能轻率妄行。虽然我拥有惩罚或奖赏的力量，但我又是什么人呢，有何权利随意把玩他人命运？”

“可是，”男孩对着星斗蹙眉，说，“这么说来，均衡是靠什么也不做而达成的吗？碰到必须采取行动时，即使不晓得行动的结果将如何，当事人也该行动吧？”

“永勿担忧怀惧。采取行动远比抑制行动容易。我们人类会继续行善、行恶……不过，假如我们内环诸岛能够像以前一样再度拥王，假如那位君王找法师寻求建言，而我是那位法师，我会对他说：‘吾王，不要因为正义、值得赞赏或高贵而去做某事。别因一件事似乎是好事而去做；只做你必须做，而且别无他途可行的事。’”

他声音里有某种分量，使亚刃不由得转头看他。他觉得法师脸上重现光辉，望着那个鹰钩鼻、那个有疤的脸颊、犀利的黑眼睛，亚刃注视他时，除了满腔的爱，还有畏惧。他心想：“他超越我太多了。”可是，亚刃凝目仰望时，终于察觉，这男人的面孔既没有法术之光，也没有法术的冰冷光辉，躺卧在每个线条与平面之中的，不过是光亮本身罢了——是早晨平凡的天光。天地间其实有一股比法师的力量更大的力量。岁月对待雀鹰，没有比对待任何人仁慈，他脸上的线条是岁月的刻痕；而且等日光转强之后，还面露疲色，并打起哈欠来……

亚刃凝视着、遐想着、思索着，终于入睡了。雀鹰坐在他身旁，观看着曙光和日出，正如一个探究宝物缺陷的人，想找出这块有瑕疵的宝石里面、这个生了病的孩子身体里面，到底是哪里出了毛病。

第五章

海洋梦

SEA DREAMS

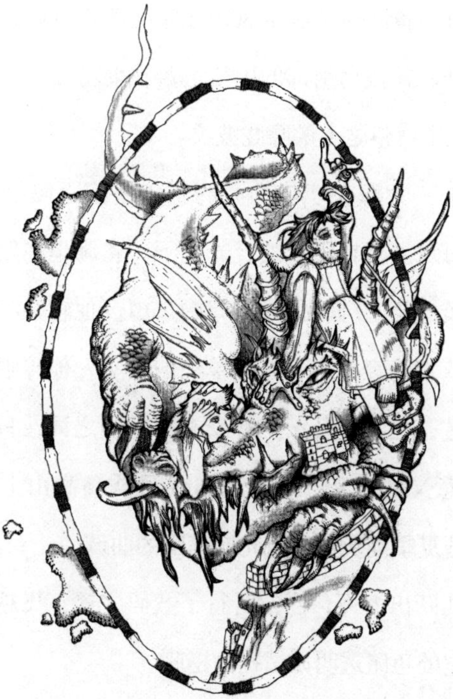

快近午时，雀鹰停止法术风，任船随西南方向的自然微风航行。右方远处，瓦梭岛南部的山峦远落在船身后头，慢慢转蓝，越来越小，成了海浪之上的朦胧波纹。

亚刃醒来。大海在燠热灿亮的正午骄阳下曝晒着，一眼望去，无尽的海水展开在无尽的日光之下。雀鹰坐在船尾，身上只有一条缠腰布，头上绑块像是帆布的头巾。他轻轻哼着歌，把船梁当成鼓，双掌轻轻敲击，打出单纯的节奏。他哼唱的歌倒不是什么巫术技艺，也不是什么王卿豪杰的赞颂之词，只是轻快地结合一些没有意义的字音，很像独自在弓忒岛高山上牧羊的小男孩，为了消磨夏季漫长午后时光而哼唱的曲调。

一条鱼儿跃出海面，当空滑行了数码之遥，飞越闪光的涡轮叶片上方，它的鱼鳍透明如蜻蜓的翅膀。

“我们到南陲了。”雀鹰唱完歌时说道，“人家说，这里是世上的奇域，鱼会飞，海豚会唱歌，但海水温和，适合游泳。而且我觉得能与鲨鱼互相了解。在这里把奴隶贩子留下的晦气洗去吧。”

亚刃全身肌肉还在酸疼，起初根本不想动。而且他不是熟练的泳者，因为英拉德岛的海洋比较严酷，下了水，往往是在跟海水搏斗，而不是在游泳，所以要不了多久就筋疲力尽。但这里的湛蓝海洋，刚下水时会冷，不久就感觉挺宜人的，身上的酸疼随之一扫而光。他在“瞻远”船边鼓浪前进，仿佛一条稚龄海蛇，浪花如喷泉般飞腾。雀鹰加入游泳，但他拍打海水沉稳多了。“瞻远”宛若温顺的护卫，在波光粼粼的海面上，张开白色羽翼随时等候他们上船。一条鱼儿由海水跃入空中，亚刃追去时，鱼先潜入水中，再跃出海面，忽而在空中游动，忽而在海中飞驰，反过来追逐亚刃。

男孩在海水中和日光里嬉游、取暖，全身金光，敏捷灵活，一直玩到太阳与海面相触。至于另外那名黑瘦的成年男子，游泳时不但动作精简省力，拍水使力时，也总是流露出他那年纪特有的简练。那天，除了游泳，他还分神控制船只的航线，并用帆布做了个临时遮阳篷，坐在篷子底下，抱着不偏袒的温柔，平心观看游水的男孩和飞跃的鱼儿。

“我们上哪儿去？”黄昏，饱食一顿腌肉和硬面包之后，亚刃又开始觉得困了。

“洛拔纳瑞。”雀鹰回答。“洛拔纳瑞”这几个没有意义的字音，就是那天晚上亚刃最后听进耳里的话，以致那天一入夜，他所做的梦都环绕“洛拔纳瑞”。他梦见自己步行在柔软的淡色漂流物之上，漂流物是粉红、金黄、青碧的断线或碎布组合，走在上面，有种好玩的快乐满足。有人告诉他：“这是洛拔纳瑞的丝田，丝田从来不会变暗。”但后来，到了黑夜将尽，秋季星座在春季天空闪耀时，他转而梦见自己置身一间干燥的破房子，屋里每样东西都覆盖灰尘，还有积垢的破蜘蛛网。蜘蛛网不但把亚刃的双腿缠住，甚至飘入他的口鼻，使他无法呼吸。最恐怖的是，他认得那间宏伟的破房子——正是他与柔克学院众师父在宏轩馆内同进早餐的地方。

他醒来时，恐惧莫名，心头扑扑直跳，两腿因撞到桨手座而痉挛。他坐起身来，拼命想忘掉那场邪异的怪梦。东方天空还没有亮光，只呈现变淡了的黑色。船桅吱嘎作响，船帆仍旧被东北风吹得紧绷，模糊地高悬在他头顶上方。他的同伴在船尾静静沉睡。亚刃再度躺下，迷迷糊糊直到天完全亮才醒。

这天，海洋超乎他想象地湛蓝平静。海水柔和清澈，在里头游泳有点像滑行或漂浮在空中，奇异的感觉如在梦中。

午时，他问：“巫师会解梦吗？”

雀鹰在钓鱼。他专心注视着钓线，许久才应道：“怎么啦？”

“我很想知道，梦境是否属实？”

“当然属实。”

“梦境是在做真实的预告吗？”

正当这时，有鱼儿上钩了，十分钟后，他们得到一条漂亮的银蓝色海鲈当午餐，亚刃的问题便被忘得一干二净了。

下午，两人在临时搭建的遮阳篷底下躲避烈日，懒懒地消磨时间。亚刃问：“我们去洛拔纳瑞找什么？”

“去找我们要找的东西。”雀鹰答。

过了一会儿，亚刃说：“在英拉德岛，我们有个故事，说到一个男孩，他的老师是块石头。”

“咦……那他学到了什么？”

“他学到：别提问题。”

雀鹰哼了一声，仿佛是要压抑笑声，但他坐直身子，说：“好吧！虽然我喜欢保持沉默，直到清楚要讲什么才开口。不过，既然你一直问，就谈一下吧。为什么霍特镇和纳维墩岛不再有法术——也说不定是所有陲区都不再有法术了，为什么？这是我们要去探寻的究竟，不是吗？”

“是啊。”

“你晓不晓得有句老话说：‘规则逢陲区即变’？这句话，水手常常讲，但它其实是巫师用语，意思是说，巫术技艺本身也因地而变异。柔克岛的一项真法术，到了易飞墟可能变成没有力量的普通字词。现在已经不是各地人都还记得‘创生语’的时代了，所以，在某地使用某字词是正确的，到了另一地则须改用别的字词。而法术的编构，本身就融合了土、水、风，以及施法之处所投射的光等。我曾经航行到东方，由于所到之地非常偏远，那里的风、水等都不听我使唤，可能是它们不知道自己的真名吧，但更可能是我根本不晓得它们的真名。

“这世界非常大，开阔海一直延伸到超越人类知识的地方，但在这世界之外，还有别的许多世界。在这众多空间维度及时间长度之中，我怀疑人类能讲的任何一种语言，是否有哪一种语言能够不分时间地点的，永远承载它原本的意义和力量——除非它是兮果乙人创造万物时所讲的‘太初语’，或是至今还没有人讲，也永远不会有人讲的、足以消灭万物的‘终结语’……所以，即便是在我们的地海世界里，在我们所知的各岛屿间，也已经见到那么多差异、奥秘与变化了，而大家认识最少但奥秘最多的，就是这南陲区。内环诸岛的巫师很少到南陲与这里的人来往。大家普遍相信南陲人有自己的魔法，所以不欢迎北方来的巫师。不过，这类传言都非常含糊，事实可能只是这里的人一直没有机会认识法术技艺，导致了解不足而已。假如是这样，那么，存心破坏法术的人来这里进行破坏就很容易了。要在这里削弱法术，也会比在我们的内环诸岛来得快。所以，我们更可能听到南方地区魔法失败的传闻。

“‘训练’是强化、深化巫师能力的向导，假若没有方向，人们的行为易流于肤浅、错乱，然后就浪费掉了。所以，像我们碰到的那个戴镜饰的胖女人，就是丧失了技艺，却认为她从来不曾拥有技艺。也因此，贺尔嚼食迷幻草，自以为能比最高深的法师走得远，可是事实上，他几乎还没进到梦幻之境就先迷失了……但他到底自以为去了哪儿呢？他所寻求的是什么？又是什么吞噬了他的法术技艺？我认为我们在霍特镇已经探查够了，所以才继续深入南方，到洛拔纳瑞，去看看那里的巫师情况如何，找找我们必须找出来的究竟——我这样说，有没有回答你的疑问呢？”

“有是有，但……”

“既然回答了，就让石头安静一下吧！”大法师说完，走去坐在船桅边、遮阳篷底下泛黄耀眼的阴凉处，径自向西眺望大海。那整个下午，船只平稳向南航行。他坐姿挺直不动，一个小时又一个小时过去，亚刃下海游泳两趟，每回都从船尾悄悄溜进水中，因为他不喜欢从法师那幽暗深邃的凝视视线中横越。法师的凝视虽然看起来只是向西俯瞰大海，但似乎看透了所见的一切，超越了亮丽的海平线，超越了天空的湛蓝，也超越了光的界线。

后来，雀鹰总算由沉默中回神，并开口说话——只是他所说的，一次总不超过一个字。亚刃从小的教养使他能迅速感知被礼貌或含蓄所掩饰的情绪，所以他知道同伴心绪沉重，便不再提问。到了傍晚，他才说："如果我唱歌，会不会干扰您思考？"雀鹰勉强玩笑着回答："那要看你唱什么而定。"

亚刃背靠船桅坐下，唱起歌来。多年前，贝里拉的宫殿乐师曾训练他唱歌，当时还边唱边在高高的竖琴边弹奏和音。如今，他的声音已不似当年那么尖细甜美，高音变得具有磁性，低音则具有六弦古琴一般的共振效果，听起来深沉鲜明。这次，他唱的是"白法师挽歌"，这是当年叶芙阮获知莫瑞德战死，而开始等待自己死期到来所作的歌。这首歌一般人很少唱，就算唱了，也很少漫不经心地随便唱。现在，雀鹰聆听这副年轻的嗓音，有力且笃定地回荡在晚霞映红的天空和海洋间，两眼不由得泪湿而模糊了视野。

唱完这首歌，亚刃静默了好一会儿。接着又唱些比较小巧轻快的曲调，在平静无风、海浪规律起伏、天光消逝的单调中消磨时光，夜色也逐渐笼罩。

等他停止歌唱，万物俱寂。风息，浪小，船板和绳索也几乎不再吱嘎作响。大海静默，海面上方，星星一颗颗露脸。南方出现一抹透亮的黄光，断断续续地为海面洒下一阵金黄色的流星雨。

“看，灯塔！”但他马上改说，“可能是一颗星吗？”

雀鹰凝视它一会儿，才说：“我猜它一定是那颗戈巴登星，这颗星只有在南陲地带才看得到。‘戈巴登’的意思是‘冠冕’。坷瑞卡墨瑞坷曾经教我们，要是继续往南航行，还可以在戈巴登底下的海平面附近，清清楚楚地找到其他八颗。九颗星合成一个大星座，有人说那是一个奔跑中的人，有人说那是‘亚格南符’，也就是‘终结符文’。”

他们遥望那颗星在动荡不定的海平面之上，廓清了天际，稳健地发放光芒。

“你刚才唱了叶芙阮之歌，”雀鹰说，“唱得很好，像是你了解她的伤痛，也让我了解了她的伤痛似的……在全地海的历史故事中，这一则总是最能撼动我心。莫瑞德以无比的勇气对抗绝望；超越绝望所诞生的莫瑞德之子——瑟利耳，一位高贵的王；还有叶芙阮。回想当年，我这辈子所做过的最邪恶的那件事——我当时自以为所召唤的是她的美貌，结果，有一瞬间，我当真见到了她——”

亚刃的背脊浮起一阵寒意，他吞吞口水，静静坐着，凝视那颗壮丽但不祥的晶亮黄星。

“你心目中的英雄是谁？”法师问。

亚刃略微犹疑地回答：“厄瑞亚拜。”

“因为他是最了不起的吗？”

“因为他本可以统治全地海，但结果没有。他选择在偕勒多岛的海岸与奥姆龙决战，最终孤独战死。”

法师没接腔。两人各想各的，过了一会儿，亚刃继续望着那颗戈巴登星，问：“这么说来，亡魂真的可能借由法术被带回人间，而且对活人说话？”

“借由召唤法术，我们有这种能力。不过那种法术很少有人去运用，而且我怀疑是否有人能运用得明智。就这点而言，召唤师父和我看法相同。那种法术记载在《帕恩术典》中，但召唤师父不教那种法术，也不使用。当中最了不起的一项法术，是帕恩岛的灰法师在一千年前创造的。他召唤昔日的英雄和法师回生——包括厄瑞亚拜。他召唤那些英雄，希望他们为帕恩岛领主们提供战事和政局方面的建言。但是亡者的建言对生者无益。帕恩岛继续经历凶险。灰法师最后被赶走，默默无名地死掉了。”

“那么，这是邪恶的事了？”

“毋宁说是一种误解，对生命的误解。死和生其实是同一件事——像手的两面，手心和手背。手心手背究竟不同……但两者既不能分开也不能混为一谈。”

“这么说，现今没有人会运用那个法术了？”

“我晓得现今只有一个人能任意使用那种法术而不衡量风险。操作这种法术非常冒险，危险程度超越其余任何法术。我说过，死和生就像手的两面，但事实上我们对生与死都不够了解。试图操控你不了解的力量并不明智，即使结果很可能是好的。”

“能使用这法术的人是谁？”亚刃问。他头一回发现雀鹰这么愿意回答问题，而且情绪平和，思虑深远。两人借由这段谈话得到慰藉，虽然主题是黑暗。

“他住在黑弗诺。当地人认为他只是一名术士，但以天生的力量而言，他是一个相当不凡的法师。他利用个人技艺赚钱，只要有人付钱，他就为他们显现他们想看的任何亡魂。亡妻、亡夫、亡子、君王时代的美女等，他整栋房子充满了古代那些不安的黑影。我见过他把我以前的一位老师父，当年的大法师倪摩尔，从‘旱域’召唤回来，只是为了玩玩把戏，娱乐那些闲来无事的人。结果，那个崇高的亡灵当真应召而来，像一只顺从的小狗。我看了很愤怒，就向他挑战。我当时不是大法师，但我说：‘既然你强迫亡者进你的屋子，你愿意随我去他们的房子吗？’虽然他用尽意志抵抗，甚至变换身形，无计可施时还在黑暗中大哭，我照样迫使他跟随。”

“你后来杀了他？”亚刃小声问，显得很入迷。

“没有！我让他跟我去，又让他随我回来。他当时很害怕。一个任意召唤亡者的人，比我所认识的任何人都害怕死亡——怕自己的死亡。在那道石墙边……我讲的这些，实在已经超过一名见习术士应该懂的分量了，而你根本连见习术士都还不是呢。”大法师锐利的双眼穿透幽暗，直视亚刃的双眼，竟让亚刃局促不安起来。“倒也没什么关系。”大法师继续说，“在那界线地带某处，有一道石墙，越过那道墙，灵魂就到了‘死境’，只有法师可能越过它再返回……我刚才说的那人就匍匐在那道石墙的‘生境’这边，想抗拒我的意志却无效。他两手拼命抓住石块，诅咒嘶喊，那种畏惧是我生平仅见，让我既轻蔑又愤怒。其实，看那光景，我早该知道我做错了。但我当时被愤怒和虚荣占据。他很强大，而我亟欲证明我比他强大。”

“回来以后，他表现如何？”

“他跪伏在地，并且发誓，决不再使用帕恩的民间法术。他还亲吻我的手，要是他胆子够大，早借机把我杀了。后来他离开黑弗诺，可能向西去了帕恩岛吧，几年后我听说他死了。我认识他时，他已白发苍苍，但手脚修长，像个角力士。我为什么又谈到他呢？我甚至想不起他的名字了。”

“他的真名吗？”

“不是！就我记忆所及——”他停顿一下，之后持续三个心跳的空当，四周全然寂静。

“黑弗诺的人叫他喀布。”他的声音不同以往，显得谨慎。这时天色已暗得看不出对方表情，亚刃只见他转头注视那颗黄星。那颗黄星现在又升高了些，悬在海浪上方，正向海浪抛洒断续的、细薄如蛛网的金黄光缕。过了片刻，他又说：“亚刃，我们会发现，我们是在遗忘已久的过去之中，面对尚未到来之事，因无从知悉其中真意而胡言乱语。这不只是发生在梦中而已。”

第六章

洛拔纳瑞

LORBANERY

越过阳光四射的海面，从十里外遥望，洛拔纳瑞岛是绿色的，有如喷泉边缘的鲜嫩青苔。靠近时，可以看到叶子、树干和阴影，道路和房舍，面孔、衣服和灰尘，这一切，组成了一块有人居住的岛屿。不过整个岛看来仍是绿色，因为岛屿之上，凡是没有建屋、没有人行的每一亩地，都交给了圆顶的低矮莩帛树，它们的树叶上养着一种小虫，这种小虫会吐丝，所吐的丝可以纺成纱，让洛拔纳瑞岛的男女老少织布。日暮时分，那里的天空满是一种灰色的小蝙蝠，专吃居民饲养的小虫。它们食量很大，但岛上的居民任由它们大吃大嚼从不伤害它们，因为大家一致认为杀害这种灰翅蝙蝠是一种很不吉利的行为。他们说，既然人类依靠小虫过活，小蝙蝠当然也拥有相同权利。

岛上房舍盖得很怪，窗户很小，而且位置都很随意。莩帛树枝搭成的屋顶，长满绿色苔藓和地衣。以前，这岛屿和南陲其余岛屿一样，是物阜民丰之地：住屋精良的粉刷、雅致的陈设，农舍及工房的大型纺织机，曳撒拉小港口的石造码头——码头内可能已停靠数艘贸易大船，这些景象均可资为证。但现今港内，一条大船也没有，住屋的粉刷也已经褪落，屋内摆设没有换新，多数纺织机都已停止不动，弃置在那儿任凭灰尘积累，踏板和踏板间、经线和工作台之间，蛛网张结。

“术士吗？”曳撒拉村的村长这么回答，“洛拔纳瑞没有术士，从来就没有。”村长是个矮小男人，他的脸孔与他那双光脚板的脚跟一样坚实，一样是赤褐色。

“谁会想到需要术士呢？”雀鹰附和道。他与八九个村民同座喝酒，酒是本地所产的萼帛果酒，味道清淡苦涩。他不可避免要告诉村民，他来此地是为了寻找艾摩矿石。不过这次他和同伴都完全没有乔装，只不过照例让亚刃把短剑留在船上藏好而已。至于他自己的巫杖，即使随身携带，外人也看不见。起初，同座聊天的村民个个显得不悦，甚至怀有敌意，谈话当中也频频流露不悦和敌意。雀鹰恩威并济，才促使大家勉强接纳他。“你们这岛长了这么多树，岛民必定因树而贵。”他开口道，“要是树园采收时碰到迟来的霜降，怎么办？”

“什么也不办。”座中末尾一位皮包骨的村民回答。此时大家在屋檐底下，背靠旅店的墙壁坐成一排。紧临那一排光脚丫的外缘，四月的柔细大雨，正啪嗒啪嗒地砸落地面。

“下雨才是灾难，降霜无所谓。”村长说，“雨水会使蚕茧腐烂。但没有人打算制止雨水降落，从来没有人那样做过。”这位村长是强烈反对谈及术士和巫术的人。其余村民，有几位倒好像很想聊聊那话题。“以前，一年中的这个时候从不下雨。”一位村民说，“就是老人家还在世的时候。”

“你说谁？老慕迪吗？对对，他已经不在了，早就过世了。”村长说。

“以前大家都叫他树园长。”皮包骨男人说。

“是呀，都称呼他树园长。”另一人说。现场一阵静默笼罩，宛若雨水落下。

单一房间的旅店里，亚刃独坐窗边。他发现墙上有一把老旧的鲁特琴，是把长颈的三弦鲁特琴，与这“丝岛”居民所弹的琴一样。他把琴拿起来，试着拨弄乐音。音量与雨水打在树枝和屋顶上的声音差不多。

“我在霍特镇的几个市场里，都见到商家贩卖丝料，那些丝料很像洛拔纳瑞岛所产的丝布。”雀鹰说，“它们有的是丝布没错，但没有一块是洛拔纳瑞出产的。”

“时节一直不好，”皮包骨男人说，“都四五年了。”

“从休耕前夕算起，前后五年了。”一个老人声音含在嘴里，自我陶醉地说，“是喔，从老慕迪去世算起。唉，他真的过世了，都还不到我这年纪呢，就死了。记得他是在休耕前夕去世的。”

“物以稀为贵嘛。”村长说，“今天买一捆染蓝细丝布的钱在以前可以买三捆哩。”

“能买到就不错了。商船几乎不再来了，蓝色染料也全是假的。”皮包骨男人这么一说，马上引起约莫半个时辰的争议，论点不外大工房的工人所使用的染料质量。

“染料是谁制造的？”雀鹰问完，又引起一番争论。争论结果就如那个皮包骨男人以尖酸刻薄的语气所说的：丝染的整个过程一向由一个家族监督，过去，那个家族自称是巫师世家，但就算他们以前真的曾是巫师，后来也丧失了技艺，而且家族之中再也没有人把失去的技艺寻回过。这群村民除了村长以外，大家一致表示，洛拔纳瑞最有名气的“蓝染”，以及世无可匹的“深红染”——俗称的“龙火”丝布，是很久以前黑弗诺历代王后所穿的——早就变样了。其中是有什么成分不见了，大家怪罪的对象包括不合时节的雨水、染土，以及提炼者。“不然就是眼睛喽。”皮包骨男人说，“看是谁分不清真正的靛蓝跟蓝土嘛。”说完，眼睛瞪向村长。村长没有接受这项挑衅，大伙儿于是再度陷入沉默。

土产淡酒似乎只搞坏大家的脾气，使每个人看来都一肚子火。这时唯一能听见的声音，只有雨水错落地打在山谷树园树叶所发出的声响，街尾那头的海水呢喃，还有门后黑暗中那鲁特琴咿呀声。

“你那个秀里秀气的男孩，他会唱歌吗？”村长问。

“啊，他会唱。亚刃！为我们大家唱一曲吧。”

“这把鲁特琴没办法弹奏小调以外的曲子呢，”亚刃在窗边，笑着说，“它只想唱悲伤的歌。各位主顾想听什么？”

“想听没听过的曲子。”村长有些粗暴地说。

鲁特琴激动地响了一下，亚刃已经摸会弹奏技法了。“我弹奏的这一曲，本地的人可能没听过吧。”说完，张口唱起来。

白色的索利亚海峡边
盘曲的红色树枝
将花朵倒弯于
盘曲的头上，沉重挂着。
立于红树枝白树枝旁
因失去爱人而悲痛
悲痛无尽。

我，瑟利耳，

我母亲的儿子，莫瑞德之子

发誓永远永远不忘

那曾经犯下的错误。

他们苦哈哈的脸、灵巧而勤劳工作的双手和身躯，全都静下来谛听。大家静静坐在南方日暮时分的温热雨景里，耳闻的歌曲，却有如伊亚岛冰冷的海洋上，灰色天鹅因渴念失丧的同伴而啼哭。歌曲唱完好久，大家依然静默。

“这真是奇异的音乐。”有个人迟疑地表示意见。

另一个视洛拔纳瑞岛为世界的“绝对中心”的人，很有把握地说：“外地音乐总是奇异悲凄的。”

“你们也唱点本地的歌谣来听听，”雀鹰说，“我自己也想听听快活的调子。那男孩老爱唱诵已经作古的昔日英雄。”

“我来唱。”刚才那个最后说话的村民说着，清清喉咙，开始唱起一首洪亮稳健的酒桶歌，嘿嗬嘿嗬地，想吸引大家一起唱。但没人加入合唱，他一个人继续乏味地嘿嗬下去。

“现在已经没什么歌是对劲的喽，”他生气地说，“都是年轻人的错，老是把时下的东西改来改去，也不学学老歌。”

“才不是咧，”皮包骨男人说，“现在根本没什么事对劲嘛。再也没一件事对劲喽。”

“唉，唉，唉，”最老的那个村民喘着气说，“好运尽喽，就是这么回事，好运尽喽。”

话说至此，就没什么好再说的了。村民三三两两散去，只剩下雀鹰在窗外，亚刃在窗内。最后，雀鹰笑起来，但不是开心的那种笑。

旅店主人那羞怯的妻子走过来，替他们在地上铺床，铺好就离开了。他们躺下睡觉。房间内的几个高椽是蝙蝠的巢穴，蝙蝠从没装玻璃的窗子整夜地飞进飞出，高声唧啾，直到破晓才返巢安身，各自倒挂，像一只只整齐的灰色小袋子。

或许是蝙蝠的骚动使亚刃睡不安稳。这之前，他一连好几个夜晚睡在船上，身体已经不适应安定不动的大地，即便睡着了，身体还在坚持地摇摆、摇摆……后来，全世界突然在他身子底下跌落，他惊醒了，再重新睡下。等他总算睡着，却梦见被拴在奴隶船的船舱内，而且有别人与他一起，只不过那些人都是死的。他惊醒不止一次，拼命想摆脱那个梦境，但一睡着就又回到那梦中。最后一回，他好像独自一人在船上，仍被锁链拴着，无法动弹。后来，在他耳边响起一个奇异徐缓的说话声。“松开你的枷锁，”那声音说，“松开你的枷锁。”他于是努力扭动，结果真的动了，而且站了起来。发现自己置身某个辽阔黑暗的荒郊野外，天空沉沉罩下。地面及浓浊的空气都有一股恐怖的气息——巨大无比的恐怖。那地方就是恐惧，是恐惧本身。而他立在当中，四周一无通道。他必须找到路，但就是没有。那个地方无边无际，非常广大；而他非常渺小，宛若稚童，宛若蝼蚁。他想迈步行走，但绊了一跤，就醒了。

虽然他已经醒来，不在那郊野，但恐惧留在他心中，他在那里面——那份恐惧不比那片无边无际的广大荒野狭小。漆黑的房间让他感觉窒息，他想从黑暗的窗框探视星星，但雨虽然停了，却不见星星。他清醒地躺着，很害怕，蝙蝠无声地拍着皮翼，飞进飞出。有时他甚至能在听力的极限范围内听见它们微细的喉音。

天亮了，两人早早起身。

雀鹰到处向人打听有关艾摩矿石的买卖，但镇民好像没一个人知道那种矿石。不过，他们各有各的意见，并互相争吵起来。雀鹰听着——不过他真正要听的是艾摩矿石之外的消息。最后，他们总算踏上村长指引的路，向挖掘蓝色染土的采凿场走去。雀鹰却在半路上调转了方向。

“这栋房子一定就是了，”他说，“他们说染料世家住这条路上，也就是人们所怀疑的巫师之家。”

“找他们谈有用吗？”亚刃问道，心中一点也没忘记贺尔。

“这种厄运必然有个中心。”法师正色道，“总有个地方是厄运的源头所在。我需要一个向导，才能找到那地方！”既然雀鹰往前走，亚刃只好跟随。

这栋房子在自己的树园内，不与人家的房子相连，是石造的高等建筑，但可以看出来，房子本身及四周的偌大树园，缺人照料已久。纠结的树枝挂着失色的蚕茧，无人收集，地上堆积着一层已经死掉的幼虫与成虫。房子周围，栉比鳞次的树木底下，可以闻到一股腐烂的气味，两人走近时，亚刃突然忆起夜里感受到的恐惧。

他们尚未走到门口，大门便自动弹开了，一个满头灰发的妇人冲了出来，瞪着发红的眼睛大吼："滚！乱损人的小偷，狗娘养的骗子，没脑子的笨蛋！诅咒你，滚！滚出去，出去，去！让厄运永远跟随你！”

雀鹰止步，多少有点诧异，但他很快举起一只手，打了个古怪的手势，说了两个词："灾祸移除！”

妇人一听，立刻不再叫嚣，呆呆凝视雀鹰。

"你刚才为什么做那动作？”

"为了把你的诅咒移开。”

她继续凝视了好一会儿，最后用沙哑的声音说："你们是外地人？”

"从北方来的。”

她上前一步。亚刃起初一直想笑这个在自家门口叫骂的妇人，但现在靠近时，他只觉得难过。她衣着不整，身上有恶臭，呼吸的气味也很难闻，凝望的眼睛里含着骇人的痛苦。

“我根本没有诅咒的力量，”她说，“没有力量。”她模仿雀鹰的手势，“你们那边的人还使用这种技艺？”

他点头，并定睛看她，她没有回避。不久，她的面孔开始起变化，并说：“你的魔法棒呢？”

“我不想在这种地方把它亮出来，大姐。”

“对，你不应该亮出来，它会使你小命不保。就好比我的力量，它夺走我的生命。就像我失去它那样，失去一切我所知的，包括全部咒语和名字。它们像蛛网细索，张结在我的眼睛和嘴巴上。这世界破了个洞，‘光’就从那个洞溜走。而咒语也跟着它溜走了。你知道吗？我儿子整天坐在黑暗中呆望，想寻找那个世界的破洞。他说，要是他眼盲，就可以看得更清楚。他做染工时失去了一只手。我们以前是洛拔纳瑞的丝染师傅。瞧——”说着，她摇晃她那两只细瘦但有力的臂膀给他们看，她的臂膀由手到肩，整个沾染着一层淡淡的无法去除的染料颜色，“沾在皮肤上的染料永远没办法去掉，”她说，“但心神能洗干净，心神不会固着颜色。你是什么人？”

雀鹰没说什么，但他的目光再度对上妇人的目光。站在一旁的亚刃不安地观望。

她突然颤抖起来，并很小声地说：“我认得你——”

“是，大姐，‘同类相知’。”

她惊骇地想逃离法师，想跑开，却又渴望靠近他——简直就想跪在他脚边，瞧她那种样子，实在古怪。

他拉起她一只手并抱住她：“你想把原有的力量、技艺、名字都找回来吗？我可以给你。”

“您就是那位‘大人’，”她耳语道，“您是‘黑影之王’，黑暗境域之主——”

“我不是。我不是什么王，我是人，普通人，你的兄弟，你的同类。”

“但你不会死，对不对？”

“我会。”

“但你还是会回来，然后永存。”

“我不能，没有谁能够。”

“这么说，你不是那位‘大人’了——不是黑暗境域那位大人。”她说着，蹙起眉头，有点怀疑地注视雀鹰，但恐惧减少了，“不过，你是一位‘大人’没错。是不是共有两位呢？敢问尊姓大名？”

雀鹰严峻的面孔缓和了片刻。“我没办法告诉你。”他和蔼地说。

“那我告诉你一个秘密。”她说着，站直了些，并面向雀鹰。她的声音及举止透露出她过去曾有的尊严。“我不想永远永远一直活下去，我宁可要回那些事物的名字，但它们全丧失了。如今，名字已无关紧要，秘密也不再是秘密了。你想知道我的名字吗？”她双眼炯炯发光，拳头紧握，欺身向前，她耳语，“我的名字叫阿卡兰。”小声讲完，她又嘶声尖叫，“阿卡兰！阿卡兰！我的名字叫阿卡兰！大家都知道我秘密的名字，都知道我的真名了。秘密已经消失，真相也没有了。死亡也不再，死亡——死亡！”她讲到“死亡”两字时，大声抽泣着，唾沫横飞。

“安静，阿卡兰！”

她安静了，泪珠自肮脏的面颊滚下，渗入她那凌乱的一绺绺头发。

雀鹰双手捧起那张皱纹满布、泪痕斑斑的脸庞，很轻很柔地亲吻她的双眼。她呆立不动，双目闭合。他贴近她耳朵，用太古语讲了一些话，并再亲吻一次，才把她放开。

她睁开双眼，用深思、惊叹的目光注视他许久。一名新生儿就是这么看母亲的，同样，一个母亲也是这么看孩子的。然后她慢慢转身走向大门，入内，关门，一概悄然无声，脸上一径挂着惊叹的表情。

法师也静悄悄地转身，走向外面的街道。亚刃跟随其后，什么问题也不敢提。不久，法师止步，立正荒废的树园中，说：“我取走她的名字，另外给她一个新的，这样她就等于重生了一般。在这之前，她既没有外来协助，也没有希望。”

他的声音紧绷而僵硬。

“她曾是个有力量的女子，”他继续说，“不是一般的女巫或调配药师，而是拥有技艺和法术、善于运用技艺创造美、足以自豪的可敬女子。她过去的生命曾经如此，可惜全都浪费了。”他突然掉转头，步入树间甬道，站在一棵树干旁边，背对亚刃。

亚刃独自站在酷热、树影斑驳的阳光下等候。他深知，雀鹰一向不愿意拿自己的情绪烦扰他，他也实在不晓得该做什么或说什么才好。不过，他的心完全向着他的同伴。这并非只是初见时那种多情的热心和敬慕，而是一种痛苦的心情，宛若由心底深处拉出一条连结，编造出一个无法拆解的维系。他可以感觉，当下这份爱里有种慈悲——少了那慈悲，这份爱就不够纯粹、不够完全，也不会持久。

不久，雀鹰穿过树园的绿荫走回来。两人都一语未发，肩并肩继续走。这时已经很热了，昨夜的雨水已干，尘土在他们脚下扬起。今天上午，亚刃好像受梦境影响，心中总是泛起乏味沮丧之感；现在，忽儿晒太阳，忽儿走树荫，他倒感觉趣味横生。而且，这时他不用深思目标何在，只是单纯地享受徒步行走的乐趣。

事实也是这样，因为他们真的没达成什么目标。下午时间只是耗在几件小事上：先与关心染料矿砂的人交谈，继而为几小块人家所谓的艾摩矿石议价。傍晚的阳光落在两人的头上和颈背，他们拖着步伐相偕走回叟撒拉时，雀鹰发表意见："这根本就是孔雀石嘛。不过，我怀疑叟撒拉的人能不能分得出差异。"

"这里的人好奇怪，"亚刃说，"他们不管什么事都无法分别差异，真是奇怪。就如昨天一个村民对村长说的：'看是谁分不清真正的靛蓝跟蓝土'……他们一个个抱怨时机不好，却不知道是从什么时候开始时机不好。他们说产品伪冒不实，却不知改进。他们甚至不晓得工匠与巫师的不同，也不知道工艺和巫艺的区别。他们头脑里简直没有颜色的界线分野。在他们看起来，万事万物都是一样，都是灰的。"

"嗯。"法师如在深思，但依旧大步前进。他的头低垂在两肩之间，状似老鹰。他虽然个子矮，步子却迈得很大。"他们所缺的，是什么？"

亚刃毫不迟疑地回答："生命的欢欣。"

"嗯。"雀鹰再应道。他接受亚刃的陈述，并陷入深思，好大一会儿才说："真高兴你替我思考，孩子……我实在累了，脑筋不济。打从今天早晨起，打从跟那位名叫阿卡兰的妇人谈话起，我的心里就一直很难受。我不喜欢虚掷及破坏。我不喜欢有敌人。假如不巧非得有个敌人，我也不想去追查、去寻找、去与他相会……不管是谁，倘若不得不四处寻访，报偿应该是可喜的宝物，而不是可憎的东西。”

“您是指敌人吗，大师？”亚刃说。

雀鹰点头。

“那妇人讲到那个‘大人’，那个‘黑影之王’时——”

雀鹰又点头。“没错，”他说，“我猜，我们要找寻的究竟，不只是一个所在，也是一个人。正在这岛屿散播的，是邪恶，邪恶，它使岛上的工艺和骄傲尽失，这真是悲惨的浪费。只有邪恶意志才达得到这种效果。可是，它却不只使这里屈服，也不是只让阿卡兰或洛拔纳瑞屈服而已。我们所寻查的轨迹，是零星碎片合成的轨迹，这就好比我们追赶一辆运货车下山，结果眼睁睁看它引发一场雪崩。”

“那个——阿卡兰——她能不能提供更多有关那个敌人的资料，比如他是什么人、在哪里，或者说——他到底是人、是鬼，还是别的？”

“孩子，现在还不行。”法师虽然轻柔地回答了，但声音颇为凄楚，“她本来可以提供，这倒不用怀疑。她虽然疯了，却仍有巫力。她的疯狂其实就是她的巫力，但我却不能硬要她回答我，她已经够痛苦了。”

他继续前行，低头垂肩，宛如他也正承受痛苦而迫不及待地想要躲避。

亚刃听见背后有慌慌张张的跑步声，回头一瞧。有个男人在追他们，虽然距离仍远，但正快速赶上来。西下的太阳光线中，可见尘土飞扬，那人刚硬的长发刚好形成一个红光环，狭长的身影在树园甬道及树干间一路蹦跳而来，看起来挺古怪。“嘿！”他喊道，“停一停！我找到了！我找到了！”

他快步赶上来时，亚刃抬起手来，举到他剑柄应该在的地方，接着举到那把遗失的刀子应该在的位置，最后握成拳头，这些动作都在半秒内做完。他横起脸，向前一步。那个宽肩男人比雀鹰足足高一个头，喘着气叫叫嚷嚷，目光狂野，是个疯子。“我找到了！”他一直这么说。

亚刃想用严厉的威胁口吻和态度，先声夺人地镇住他，便说：“你想干什么？”

那男子想绕过他，去雀鹰面前，但亚刃又向他跨了一步。

“你是洛拔纳瑞的丝染师傅。”雀鹰说。

才不过短短一句话，那男人就中止了喘息，并松开握紧的拳头，眼神也平静了些，还点点头。亚刃觉得自己真笨，竟然想保护他的同伴，便知趣地退后、让开。

“以前我是丝染师傅，”他说，“但现在我没办法染了。”说完，他先以怀疑的眼光注视雀鹰，接着竟露齿而笑。他摇摇他那颗红蓬蓬，而且覆了灰尘的头，说：“你把我娘的名字取走。害我不认得她了，而且她也不认得我。她依旧很爱我，但她不管我，她死了。”

亚刃心头一紧，但他望见雀鹰只是微微摇头。“没有，没有，”他说，“她没死。”

“但她终究会死，终究会死。”

“是。这是存活的结果。”法师说。丝染师傅好像迷糊了一下，然后向雀鹰逼近，抓住他肩膀，低头看他。他动作太快，亚刃来不及制止，但毕竟已靠近，便听见那男人小声对雀鹰说：“我找到黑暗境域的洞了。那个大王站在那里，他看着黑暗，统治那个境域。他手上有盏小烛火，他吹口气把它弄熄，然后再吹口气把它点燃！点燃了！”

雀鹰被抓着肩膀小声说话，一点也没有出手抵抗，只简单回问：“你见到那情景时，人在哪里？”

“床上。”

“做梦吗？”

“不是。”

“你越过那道墙了？”

“没有。”丝染师傅说着，突然清醒了，而且好像感到不自在。他松开法师，自己退后一步：“没有。我……我不知道那是哪里。我找到了，但我不晓得那是哪里。”

“我想知道的就是：那是哪里。”雀鹰说。

“我可以帮你。”

“怎么帮？”

“你有船。你是驾船来的，要继续航行，是要往西去吗？那就是方向，往那个方向去，就可以到他出来的地方。一定有个地方，一个在世间的地方，因为他是活的——他不是从那道墙跨过来的精灵或鬼魂，不是那样。除了灵魂以外，谁也不能带什么越过那道墙，但他有实体，是凡人的躯体。我看见已熄灭的火焰在黑暗中被他点燃，我看见了。”男人的面孔扭曲起来，在斜长的金红霞光中，看起来有一种疯狂之美，“我晓得他早已征服死亡，我就是知道。我为了知道，还放弃了巫艺。我以前是巫师唷！你也懂得巫术嘛，而且你也要去那里。带我一起去吧。”

同样的霞光映照在雀鹰脸上，但呈现的是一张坚定严酷的脸庞。“我的确是要去那里。”他说。

“让我跟你去吧！”

雀鹰略略点头：“我们开航时，如果你在码头，就让你去。”他仍和先前一样冷静。

丝染师傅又退后一步，然后站着看他，脸上的兴奋神色慢慢被阴霾整个笼罩，最后更由一种古怪沉重的表情取而代之，看起来好像理智的想法正在努力，想冲破一直困扰他的字词、感觉、视野等合成的一团乱麻。最后，他一语不发地转个身，循原路跑下街道，重新投入他刚才跑来、尘埃尚未落定的飞扬尘土中。亚刃长舒一口气。

雀鹰也叹口气，虽然他的心头好像没有轻松一点。“也好，”他说，“奇异的路径要有奇异的向导。我们继续走吧。”

亚刃在他身侧跟随。“您不会带他跟我们一起走吧？”他问。

“那就看他了。”

亚刃心中闪过一道怒火，并暗想：“那也要看我呀。”但他嘴里没说什么，两人默默同行。

他们重返叟撒拉港口，没见到半点好脸色。像洛拔纳瑞这样的小岛，谁做了什么事，立刻传遍全岛，人人皆知。无须怀疑，自有岛民见到他们半途转去丝染师傅的家，还见到他们在路上与那个疯子交谈。旅店主人接待他们便没个好气，他妻子则显得怕得要死。傍晚，村民又围坐在旅店屋檐下，大家的态度充分说明：他们不跟外地人闲聊，但自己人之间则尽力来点小聪明，彼此逗逗乐子。只可惜他们实在没有多少小聪明可以相互较量，所以很快就失去了欢乐气氛。大家久久无言，最后是村长对雀鹰说：“你有没有找到蓝矿石？”

“我找到了一些蓝矿石。”雀鹰礼貌地回答。

“一定是萨普利告诉你去哪儿找的。”

其他村民一听这个嘲讽杰作，一致哈哈哈地瞎起哄。

“萨普利就是那个红发男子？”

“是那个疯子。你今天早上拜访过他娘。”

“我是去寻找巫师。”这位巫师说。

皮包骨男人座位最靠近雀鹰，他朝暗地里吐口水，说：“找了做什么？”

“我以为可以发现我要寻找的究竟。”

“一般人都是为了丝绸才来洛拔纳瑞，”村长说，“他们不会来这里找矿石，也不会来这里找魔法、找挥动手臂外加叽里咕噜等那些术士的把戏。踏实的百姓在这里安居，而且只干踏实的活儿。”

“说得对，他说得对。”其他人众口齐声。

“所以我们不希望与我们不同的人到这座岛上来。外地人来这里，只会到处窥探，打听我们的商情。”

“说得对，他说得对。”又是众口齐声。

“要是能碰到不疯的术士，我们自会安排他到染工坊去干正经事。偏偏他们都不晓得怎么干正经事。”

“要是有正经事可做，他们可能会做。”雀鹰说，“你们的染工坊都闹了空城，树园也没人照料，仓库的丝绸都是很多年前纺织的。你们洛拔纳瑞现在到底在做什么？”

“我们照料自己的事业。”村长冲口道。但那个皮包骨的男人激动地插嘴说：“告诉我们，为什么商船都不来？霍特镇的人都干什么去了？是因为我们的产品差吗——”他的话被大家生气地否定。现场叫嚷成一团，甚至激动得站起来跳脚。村长挥拳到雀鹰脸上，另一村民拔出刀子。大伙儿的情绪已经变得狂乱激愤。亚刃立刻起身，望向雀鹰，期待他会突然站起来发射法术光，用他的力量把众人变得哑口不能言。但他没有，依旧坐着，看看这个人，看看那个人，静听大家的威吓。慢慢地，村民安静下来，正如刚才无法继续欢乐一样，现在也无法继续愤怒了。刀子入鞘，威吓转为讥嘲，并开始陆续散去，如同狗群打完狗架离开：有的大摇大摆，有的悄悄潜逃。

剩下他们两人时，雀鹰才起身，步入旅店，拿起门边的水坛喝了一大口水。“走吧，孩子，”他说，“我受够了。”

“去船上？”

“对。”他摆了两枚通用的银象牙币在窗棂上，付清住宿费用，拎起简便的衣物旅袋。

亚刃疲倦得想睡了，但他四下瞧了瞧这家旅店的这个房间，窒闷阴森，都怪屋椽上那些骚动的蝙蝠。他想起昨天夜里在这房间内的情况，便心甘情愿地跟随雀鹰离开了。

两人一同走下叟撒拉一条幽黑街道时，他想到，现在离开，准让那个疯子扑个空。谁知，他们来到港口时，那疯子已在码头等着了。

“你来啦。”法师说，“要是想一起走，就上船吧。”

萨普利不发一语便步入船内，蹲在船桅边，宛如一条邋遢狗。亚刃见状抗议：“大师！”

雀鹰回头，两人在船边上的码头面对面。

“这座岛上的人都疯了，我以为您可没疯，为什么带他走呢？”

“让他当向导呀。”

“向导？去找更多疯子吗？还是想要被淹死，想要背后被捅一刀？”

“是寻求死亡没错，至于遵循哪条路，我倒不晓得。”

亚刃语带怨怼，而雀鹰虽然平静回答，声音却有股怒意。亚刃不习惯被人质疑，但自从下午在路上曾想对付这个疯子，以期保护大法师开始，他就明白，他的保护多么没有效用、多么没有必要。这样一来，他不但感觉辛酸，连早上那股忠心奉献的激昂之情，也因而糟蹋、虚掷了。他不能保护雀鹰，也不被容许做任何决定还不打紧；他甚至也不能，或者也不容许了解这次追寻的性质。他只不过被当成小孩，拉来参与这项追寻罢了。但他不是小孩啊。

“大师，我不跟您争论，”他尽可能冷静地说话，“但这……这实在没有道理呀！”

“这的确是完全没有任何道理。我们要去的地方，‘道理’不会带我们去。那么，你要来，还是不来？”

亚刃眼里含着愤怒的泪水：“我说过我愿与您同行，为您效劳。我不食言。”

“那就好，”法师淡然道，而且好像意欲转身离开，但他又一次面向亚刃，“我需要你，亚刃，你也需要我。为什么你需要我，让我现在告诉你。我相信，我们要去的这条路，就是你要走的路。理由倒不在于服从或忠诚之类的事，而是因为在你见到我之前，在你涉足柔克学院之前，在你由英拉德岛出航之前，它就已经是你要走的路了。现在你已经不能回头了。”

他的声音没有变柔和，亚刃也以同样的淡然口气回答：“我为什么要回头？又没有船，而且是在这个世界的边缘上？”

“这是世界边缘？不，世界边缘还远得很。我们恐怕一辈子都到不了。”

亚刃点了一下头，跳到船上。

雀鹰解开缆绳，并为船帆注入轻风。

一离开洛拔纳瑞幽隐而空荡的码头，清爽的空气即由深黑的北方飘来。月亮在他们前方光洁的海面抛洒银光，当他们的船只沿海岸转南航行时，月亮也在他们左侧疾驰。

第七章

疯 子

THE MADMAN

那个疯子，也就是洛拔纳瑞的丝染师傅，背靠船桅，双臂环膝，头颈低垂，缩成一团坐着，他那头乱发在月光下看起来像是黑色的。雀鹰蜷缩在一条毯子里，睡在船尾。两人都没动。亚刃坐在船首，他已经发誓要亲自整夜看守。如果法师愿意假定这个疯子乘客不会趁着月黑风高奇袭他或亚刃，那是他个人的选择。亚刃却宁愿有他自己的假设，于是就自行负起看守责任了。

可是，黑夜非常漫长，而且很平静。月光倾泻而下，一直没有变化。萨普利缩在船桅边，鼾声虽然不大，但延续得长。船只徐徐前进，到后来，连亚刃也慢慢睡着了。他惊醒过一次，看看月亮，几乎不见升高，便放弃了自许的守护职责，舒舒服服地睡起觉来。

与此次航旅先前的情形一样，他又做梦了。起初的梦零碎，却不可思议地甜美踏实。他先梦见“瞻远”桅杆的位置上长出一棵树，粗枝与树叶合成圆拱形。船的前头有几只天鹅扑打着有力的翅膀领航。前方远处蓝绿色的海面上，显见一座有很多白色高塔的城市。接着他置身其中一座高塔里，正沿着螺旋楼梯往上爬，跑步爬梯的步履轻快急切。这些场景陆续变化、重现，并带出其他场景，但那些场景也都一一消逝无踪。突然，他置身于一处荒野，四周是吓人的朦胧暮色，恐惧在他心中滋长，直到令他无法呼吸。但他照样前进，因为他必须前进。走了许久后，他总算明白，在这片荒野上，“向前走”就是“绕圈子重回原路”。但他得出去，得离开呀。这个想法愈来愈紧迫，他开始奔跑起来。可是他一跑，圈子便向内缩小，地面也倾斜起来。他在愈来愈阴暗的光线中，环绕一个坑洞的内斜坡奔跑，他越跑越快，而那斜坡像个巨大的旋涡，把人往黑暗里吸。他发觉到这一点时，脚下一滑，跌倒了。

“亚刃，你怎么啦？”

雀鹰在船尾问他。天空渐露鱼肚白，海水平静。

“没事。”

“做噩梦了？”

“没什么。”

亚刃觉得冷，右臂因为压在身子底下而抽筋疼痛，他闭上眼睛避开天光，但心里想："他老是暗示这、暗示那，却从不清楚告诉我到底要去哪儿、为什么要去，或为什么我应该去。现在，他还把那疯子拉来同行。那个疯子与我，是谁比较神经，竟然跟着他？他们两人或许彼此了解，因为萨普利说，现在凡是巫师都是疯子。我本来可以留在家里，待在贝里拉的宫殿，我房里有雕花墙壁，有铺红毯的地板，有壁炉暖火，一觉醒来可以跟父王去打猎。我干吗跟他来？他干吗带着我？他说，因为这是我要走的路，但那是巫师之言，用了不起的辞藻把事情说得很伟大，意思却往往另有所指。如果我有一条路必须要走，那就是回家的路，而不是在陲区无意义地漫游。在家里，我有责任要尽，现在，我倒成为逃避责任的人了。倘若他真认为有什么巫艺之敌在作怪，那他一个人出来不是就很好，为什么偏要我跟？他大可以带另一位法师协助他呀，法师多的是。他也可以带一队战士、一列舰船来啊。结果，船上就只是一个老人和一个男孩，就这样子去迎战重大的危险吗？简直胡闹。他八成疯了。正如他说的，他在寻找死亡。他寻找死亡，却要我同行。但我没疯呀，也还不老呀，我不想死，我不想跟他去。"

他支着手肘坐起来，望望前方。他们离开叟撒拉港时在他们前头升起的月亮，这时又在他们前头了，而且正在沉落。船后头的东边方向，天色蒙蒙亮了。天空无云，但阴沉愁郁。稍后，太阳转热，但非透亮，也无光耀。

他们整天沿着洛拔纳瑞海岸航行，低矮的绿色海岸一直在他们右手边。陆上吹来微风，使船帆涨满。到了傍晚，他们经过最后一个长岬之后，微风没了，雀鹰在船帆注入法术风，“瞻远”便宛如隼鹰飞离腕际般，急急向前飞驶，把“丝岛”抛在后头。

丝染师萨普利整天瑟缩在同一处，显然害怕这条船，也害怕海洋，可怜兮兮地在晕船。这时，他沙哑着声音说话了：“我们是向西航行吗？”

夕阳正面照在他脸上，可是，雀鹰对他这个蠢问题却很包容，还点头响应。

“去欧贝侯岛吗？”

“欧贝侯岛在洛拔纳瑞岛的西边没错。”

“在西边很远的地方，说不定‘那地方’就在那个岛上。”

“‘那地方’像什么样子？”

“我怎么知道？我怎么可能看得见它？它又不在洛拔纳瑞！我找了好几年，四五年了。在黑暗中、在夜里，闭上眼睛找，老是听见他在呼唤：来呀，来呀。我却没办法去。我不是能在黑境中辨认路径的高明巫师。可是，在太阳底下，日光之中，也有一个地方可去。老慕迪与我娘是不会理解的，他们一直在黑暗中寻找。后来，老慕迪死了，我娘发疯了。她忘了我们丝染所用的巫技，这件事影响了她的脑筋，她想死，但我告诉她等一等，等到我找着‘那地方’。一定有那么一个地方。要是亡者能够回生返世，就一定是在世界上某个地方发生的。”

“亡者在那里回生返世吗？”

“我以为你晓得这种事情。”萨普利瞟了雀鹰一眼，停一停才说。

“我就是想知道它。”

萨普利没搭腔。法师突然注视他，那是专注有力的正视，但他语气柔和：“萨普利，你是想找到一个永生的门路吗？”

萨普利也注视法师片刻，然后将生着蓬乱红褐色头发的头埋在臂弯里，两手圈住脚踝，前后摇晃起来。似乎他一感到害怕就会变成这副德行；而一变成这副德行，他就不讲话，也听不进别人讲话了。亚刃泄气且嫌恶地转身走开。他们怎么可能与萨普利一同窝在一条十八尺长的小船里，相处数天或数周？那样，无异于与一个罹病的灵魂同宿一个躯体……

雀鹰走到船首，到他身边，单膝跪在船梁上，望着昏黄的迟暮，说：“那人心性温和。”

亚刃听了这话，没响应，只冷淡询问：“欧贝侯是哪里？我从没听过这名字。”

“我也是看航海图才知道这名字、晓得这地方，详细就不清楚了……瞧那边，戈巴登的伴星！”

那颗晶黄色的星星高悬南方天空，它的下方，左边有一颗白星，右边有一颗蓝白色的星，合着照亮幽暗的海面。三颗星形成一个三角形。

“它们有名字吗？”

“名字师父也不晓得它们的名字。欧贝侯岛和威勒吉岛的居民说不定有替它们取名，我不知道。亚刃，现在，我们在那个‘终结符文’底下，要进入奇异的海域了。”

男孩没搭腔，只注视无边海洋上方那些无名星斗，表情好像很厌恶。

南方春季的温热覆罩海面，他们在其上西航，日复一日。天空虽清朗，但亚刃老觉得天色阴郁，好像日光是透过玻璃斜射。游泳时，海水温热，不太能使人神清气爽。腌渍的食物一点也不美味。所有的事物都缺少新鲜明快的劲儿。只有入夜时，星星一天比一天亮，他会躺着观看，直到睡着。一睡着就做梦，老是梦见那片荒野、那个坑洞，或是一处被悬崖包围的山谷，或是低空下的一条下坡长路。而不管梦见哪里，总是很暗，而且他内心非常害怕，又没有脱逃的希望。

他一直没向雀鹰提起这些梦。重要的事不论哪一件，他都不对雀鹰讲，只聊聊航行中的日常琐事。至于雀鹰呢，他本来就是一直神游物外，现在更是一如既往地沉默着。

亚刃总算明白自己多么傻，竟然把一己身心全部交托给一个惶惶难安、秘不外宣的男人。这个男人只会听任内心的冲动宰制，一点也不晓得掌控个人生命，遑论拯救自己的命。照目前情形看来，他已经情绪异常了。亚刃认为，异常的原因是，他不敢面对自己的失败——人世间强大的巫艺力量，却遭遇了失败。

现在，那些知晓巫术秘法的人应该很清楚：像雀鹰及历代术士巫师等人，他们获得名望与权力的魔法，实际上没有多少诀窍可言。那些魔法顶多只是利用一下风、天气，调配几副医疗草药，等等，或者巧妙地展示一些雾、光、变形等幻象，但这些技艺都只是把戏，唬唬无知者倒还可以。事实终究没变，巫术并不能赋予人真实的力量去凌驾他人，也完全不能用来对抗死亡。法师与常人无异，并没有活得比较长久。他们空有许多诀窍，却连把逐渐逼近的死亡多拖延一个小时也办不到。

即使在小事方面，巫艺也不值得信赖。雀鹰一向吝于运用技艺：只要可行，他们就借自然风航行；他们的食物是靠垂钓而来，用水也同任何水手一样俭省。在断断续续的逆风中接连航行四天之后，亚刃问雀鹰，要不要在帆内注入一点点顺风，雀鹰摇头，他便问："为什么不呢？"

“我不会要求一个患了病的人去赛跑，”雀鹰说，“也不会在一个负荷沉重的背上多添一颗石头。”亚刃搞不清楚他是指他自己，抑或指整个世界。雀鹰每次回答问题时总是很勉强，答案又很难懂。亚刃心想，或许这就是巫艺的本质：什么都没说却能暗示伟大的意义；什么都不做却表现出无上的智慧。

亚刃本来一直努力不理萨普利，但根本不可能。且无论如何，开航不久他便发觉，他与那疯子竟有一种盟友关系。萨普利的一头乱发和破碎不全的言谈，使他显得疯，但他其实不是很疯——或者说，不是很纯粹的疯。真的，他最疯狂的一点，恐怕只是“怕水”这一项而已。要他上船来，已是鼓足勇气了，而他的恐惧一直都没有减少。他老是低着头，以求无须见到海水在周围汹涌起伏，也无须见到船只薄弱的外壳。若在船上站立，他会晕，所以一直紧靠着桅杆。亚刃头一回下水游泳，从船首投海，萨普利见状，惊声大叫。等亚刃爬回船上时，那可怜的男人吓得脸色铁青，说：“我以为你想溺死自己。”亚刃听了只能笑。

下午，萨普利趁着雀鹰静坐冥思、不听也不想的时候，很小心地沿着船梁走到亚刃旁边，低声说：“你不会是想死吧？”

“当然不。”

“他却想死哩。”萨普利说时，朝雀鹰努了努下巴。

“你为什么这么说？”

亚刃的口气颇见派头。在他而言，那是自然而然的。萨普利的年纪虽然长他十至十五岁，也当那种口气是自然，便马上礼貌回答——虽然照例破碎不全：“他想去……那个秘密的所在。只是，我不明白为什么他……不……不相信……那个应许。”

“什么应许？”

萨普利抬眼对亚刃投去锐利的目光，他那双眼睛颇含一些男子气概——虽然他的男子气概几乎已经损毁殆尽。不过，亚刃的意志比他的眼光更强。萨普利很小声回答：“你知道吗，就是生命，永恒的生命。”

巨大凉意流遍亚刃全身，让他想起那些梦：荒野、坑洞、悬崖、暗淡的光线。那是死亡，是对死亡的惧怕。他之所以必须逃脱、必须找到一条路，就是要逃离死亡。可是，门槛站了一个头顶披覆黑影的身形，手执一抹微光，那微光比珍珠还小，而它就是不朽生命的微光。这一回，亚刃是初次与萨普利的目光相迎，那是一双淡棕色的眼睛，相当清亮。亚刃在那对眼睛里发现自己业已了然，也发现萨普利所知与他略同。

“他，”丝染师傅朝雀鹰动动下巴，说，“他不肯放弃他的名字。没有人能从头到尾一直保持自己的名字，那条路太窄了。”

“你见过那条路吗？”

“在黑暗中、在我脑袋瓜里见过。但那还不够，我想去那里，我想亲眼瞧瞧那条路。同样，我也要用眼睛在这尘世里找一找。万一……万一我死了而找不到那条路、找不到那地方，怎么办？多数人无法找到它，他们甚至不晓得有它存在。而我们当中也只有一些人具备力量，但就算具备力量，也仍然很难，因为你必须放弃力量才能到那里……不再有咒语，不再有名字。真的太难了，没办法在脑袋里进行。而且，人一死，头脑也跟着死。”每提到“死亡”两个字，他就痛苦一次，“我希望预先知道我能回来。我想去那里，去生命那边。我希望活着，希望有安全。我顶讨厌……顶讨厌这片大海……”

丝染师傅缩起四肢，有如蜘蛛坠落时缩起四肢的模样。他把刚硬的头埋在胸前，不让自己看到四周的海洋。

那次之后，亚刃没再躲避交谈的机会，因为他知道，萨普利不但与他看法一样，连恐惧也相同。既然如此，那么，万一碰到最糟的情况时，萨普利可能会协助他对付雀鹰。

他们在时吹时止的平静微风中，缓缓西航。雀鹰假装是萨普利在引导他们，其实不是。萨普利对海洋一无所知，也从没看过航海图，从没上过船，怕海水怕得要死。其实，引导他们的是法师，而且法师故意引导他们走错路。亚刃现在已经看出来了，也想通了原因。大法师知道：他们及其余同类都在寻找永生，而且有的已获应许，有的受了吸引正朝那应许迈进，最后说不定可以找到。身为大法师，内心的骄傲及自负使他担心别人可能已经获得永生，他嫉妒他们，也害怕他们，不希望有人比他还了不起。所以他有意航进开阔海，远离所有陆地，直到他们完全偏离，无法重返世界，最后就在那地方渴死。反正他自己也会死，所以得防止别人获得永生。

航程中，有时雀鹰会对亚刃说说如何驾船的琐事，与他一同在温热的海中游泳，或是在大颗星星之下向他道晚安。可是现在，对这男孩而言，那些都毫无意义。他有时注视他同伴，看着他那张坚毅、严峻、包容的脸庞，心中会想：“这是我的大师，也是朋友。”他好像无法相信自己会怀疑这结论，可是不一会儿，他又心生怀疑，然后就会与萨普利交换眼色，互相警告多留神这个共同敌人。

海上每天都日照炙热，而且非常单调。太阳的光亮躺在徐摆慢晃的海水之上，宛如一层虚假的装饰。海水蔚蓝，天空也蔚蓝，一无变化或阴霾。微风时吹时停，他们得转动船帆去迎合，如此这般，缓慢地航向无尽。

一天下午，他们总算遇上轻缓的顺风。接近日落时分，雀鹰手指天空，说：“看。”船桅上方高空有一排海雁穿梭飞翔，整体看来，宛如一个黑色的神秘符号在天空摆动，而后向西飞去。

“瞻远”尾随，第二天便见到了一大块陆地。

“那就是了，”萨普利说，“那个岛，我们必须去那里。”

“你所找寻的地方在那岛上？”

“对。我们必须上岸。我们最远只能到此了。”

“这陆地想必就是欧贝侯岛。再过去，这南陲地带还有个威勒吉岛。威勒吉岛的西边有很多西陲岛屿。萨普利，你确定这里就是？”

洛拔纳瑞的丝染师傅听了，生起气来，以至于他眼中又显现出惯有的退缩神色，但是他说话倒不显得疯，亚刃心想，至少不像很多天前在洛拔纳瑞岛与他初次交谈时那么疯。“对，我们必须上岸，已经航行够远了。我们要找的地方就是这里。我知道是这里没错，你要我发誓吗？要我以我的名字起誓吗？”

“不。”雀鹰仰头看看比他高的萨普利，厉声说。萨普利已经站起来，紧抓着桅杆，眺望前方那块陆地。“萨普利，不要乱发誓。”大法师说。

丝染师傅皱着眉，好像处于怒火或痛苦中。他凝望船只前方，那片呈蓝色的远山浮在起伏颤抖的水面上，说道：“是你找我当向导的，我说就是这里，我们必须上岸。”

“我们反正是要上岸的，得补充饮水。”雀鹰说着，走向舵柄。萨普利在船桅边那个老位子坐下，口中喃喃。亚刃听见他说：“我以自己的名字发誓，以我的名字。”他讲了好几次，而每次讲时，就宛如遭受痛苦般的皱眉一次。

北风吹拂下，他们勉强靠近岛屿，然后沿岸行驶，想找个海湾或登岸口。可是，炽热的阳光下，只听见海浪轰隆轰隆地拍击北岸。内陆的绿色山脉在同样的阳光下烤炙着，绿树披盖着山坡，直达山巅。

绕过一个岬角，他们总算瞧见一处半月形深湾及白色沙滩。由于海浪受阻于岬角，这里显得风平浪静，似乎可以让船只泊岸。只是海滩及海滩上方的森林，完全不见人迹，也没看到船、房舍屋顶与炊烟。“瞻远”一入湾，微风即止，湾内平静无声且燠热无比。亚刃划桨，雀鹰掌舵。仅有的声音是船桨在桨座转动的声音。海湾上方，绿峰耸立夹峙，太阳在水面铺展一片片白热之光。亚刃都能听见自己耳内血液怦怦流动的声音。萨普利已经离开那个安全的船桅，匍匐在船首，紧张地抓着舷缘，面朝前方盯着陆地。雀鹰黝黑的疤脸汗水晶莹，宛如涂了油。他的目光不停巡视着海面的低浪和绿树覆盖的峭壁。

“好啦。”他对亚刃和船只这么说。亚刃大幅用力划桨三次后，“瞻远”轻轻碰着沙地。雀鹰跃出船外，借波浪的最后冲力，把船推上岸。他两手合推时，绊了一跤差点跌倒，靠着船尾稳住自己。他再使劲一拉，把船拉入正要向外回流的海浪中。船只悬在海洋与海岸中间时，雀鹰竟又快速跨过船舷跃入船内。“划！”他喘着气大喊道，四肢着地趴在船底，他满头大汗，用力地呼吸着。他抓着一支矛——一支两尺长的铜尖掷矛。那支铜矛是从哪里来的？亚刃手执船桨愣在那儿时，另一支掷矛飞来，矛尖朝外射中船梁，梁木裂开，矛头颠倒弹回。海滩远处低矮峭壁的树下，人影幢幢，有的跑跳，有的低伏。空中传来轻轻的口哨声和飕飕声。亚刃猛地把头低伏胸前，弓背拼命用力划，两三下便划开浅摊，掉转船首，驶离海岸。

萨普利在亚刃背后的船首大叫。亚刃感觉两只手臂被人抓住，抓力来得太突然，致使船桨跳离海水，其中一支较粗的一端正好打中他的腹窝，害他一时两眼昏花、呼吸中止。“转回来！转回来！”萨普利大喊，船身突然一晃，触礁了。亚刃回神抓到船桨，立刻大怒转头。

萨普利不在船上。

四周，湾内深色的海水在阳光下起伏闪耀。

亚刃愣了，再次回头时，瞧见雀鹰伏倒在船尾。“他在那边。”雀鹰指着旁边说，但他指的地方，什么也没有，只见海水和耀眼阳光。

绑在一根投掷棒上的矛，投射在船身外数码[1]处，无声息落水

① 1码≈0.914米。——编者注（若无特别说明，本书脚注均为编者注）

消失。亚刃死命划了十或十二下，总算让船只再回海域，他这才又看一眼雀鹰。

雀鹰两手和左臂都是血，一手拿着一小团帆布，抵住肩膀。船板上，一支铜矛尖横躺在那儿。刚才亚刃瞥见他拿着一支矛时，想必不是他拿着，而是被投射而来的矛尖刺入肩膀，长矛竖在所刺的伤口里。雀鹰当时正在张望海水与白色沙滩之间的地带，那地带有些细小的人影在热气蒸腾中晃动跑跳。

他终于说："继续划吧。"

"萨普利他——"

"他没跳上船。"

"淹死了吗？"亚刃不相信地问。

雀鹰点头。

亚刃继续划桨，直到沙滩变成一条白线，横在森林和高大的绿色山巅底下。雀鹰坐在船舵旁边，手上仍拿着那块帆布抵住肩膀，但完全没去留意它。

"他是被矛射中的吗？"

"他自己跳水的。"

"可是他……他又不会游泳。他怕水呀！"

"是。非常怕。他想——他想去陆地。"

"那些人为什么攻击我们？他们是什么人？"

“他们一定以为我们是敌人。你能不能……帮我弄一弄这伤口？”亚刃这才瞧见他压住肩膀的帆布，整个湿透，颜色鲜目。

那支矛击中肩窝与颈骨之间，刺破一条大血管，所以血流不止。在雀鹰指示下，亚刃把一件亚麻上衣撕成布条，临时当作绷带绑住伤口。雀鹰说要那支矛，亚刃把那支矛放在他膝上，他伸出右手覆在锋刃上。那锋刃狭长如柳叶，是用青铜粗略打造的。雀鹰作状要施法，但过了一下，他摇头，说：“现在没力气施法，得缓一缓。伤口应该会没事才对。亚刃，你能把船驶出海湾吗？”

男孩默默走回桨边，弓起背开始执行这项任务。他均匀柔软的体格相当有力气，不久就把“瞻远”带离半月形海湾，进入空荡海洋。陲区漫长的正午平静地覆罩洋面，船帆下垂。在热气笼罩中，太阳毫不留情地透射光芒，酷热中，那绿色的山巅仿佛在摇晃跳动。雀鹰倒卧在船板上，头部依靠着舵柄旁的船梁。他一动也不动地躺着，双唇和眼睑半合半开。亚刃不想看他的脸，只好死命盯着船尾。热气在水面上晃动，宛如整个天空满满织了蜘蛛网。他的手臂因疲惫而发抖，但他继续划。

“你划到哪里了？”雀鹰稍微坐起身来，哑着嗓音问。

亚刃转头，看见那个半月形海湾又一次把它的绿臂弯往船只四周伸绕过来，那条白色的海滩线又在前方，山脉也众集在他们头上。原来，他把船转了一大圈回来而不自知。

“我划不下去了。”亚刃说着，放下船桨，走去倒在船首处。他一直想着，当时萨普利就在他的后头，在船上那根桅杆边。他们相处了好几天，如今萨普利死得那么突然，毫无道理可言。没一件事让人想得通。

船只漂浮在水面上，船帆垂在帆柱上。由于潮水开始往湾内流，船只舷侧便慢慢转向入湾的海潮，一点一点往内推，推向远处那条白色沙滩线。

“‘瞻远’。”法师抚慰地呼唤船名，再用太古语讲了几个字词，船只轻轻摇了一下，然后缓缓向外滑出，越过明灿的海水，离开了海湾。

但不到一个时辰，她又轻轻慢慢地不前进了，船帆也再度下垂。亚刃回望船内，看见他同伴和先前一样躺着，但头部稍微往后落下一点，眼睛也合着。

这下子，亚刃感到一股沉重欲呕的恐惧，这股恐惧在心中扩大，扩大到使他无法动作，仿佛身体被细绳缠绕，脑子也迟钝起来。内心没有冒出勇气让他抵抗这恐惧，有的只是类似恼恨的模糊感受，那感受让他开始怨怪这种歹运。

他不应该让船只在这里漂荡，因为这里靠近嶙峋海岸，而海岸陆地上有个会攻击陌生人的族群。他心里很清楚这利害关系，但这利害关系没有多少意义。不这样又能怎样呢？难道要他把船划回柔克岛？他茫然了，在浩渺的陲区里，完全无望地茫然了。船已出航数周，现在他无法把船只带往任何一座友善的岛屿。只有依靠法师的指引才能办到，可是雀鹰受伤，无能为力——他的受伤与萨普利的死同样突然而无意义。看他的脸，已经和以前不一样，变得松弛泛黄，可能垂然待毙。亚刃想到应该把雀鹰移到遮阳篷底下，让他免受日晒，并拿水给他喝。失血的人需要喝水。但他们已经缺水好些天了，水桶几乎是空的。没喝水又有什么关系？反正所有事都不行了，都没有用了。好运已尽。

数个小时过去，太阳渐渐西沉，薄暮的热气笼罩亚刃，他坐着没动。

一阵凉风掠过他的前额。他举头一望，是晚上了，太阳已经沉落，西边天际呈现暗淡红色。微风由东边吹来，“瞻远”慢慢移动了，在欧贝侯岛的外围，绕着陡峭多林木的海岸。

亚刃在船上转身去照料同伴。他先把雀鹰安置在遮阳篷底下一个临时铺就的床位，再拿水给他喝。亚刃手脚利落，且不让目光看到绷带——那绷带实在该换了，因为伤口一直流血没停。虚弱不堪的雀鹰没有说话，甚至在喝水时，两眼也是闭的。他喝完水便又睡了，也许比起口渴，还是困倦更为要命。亚刃静躺着，等到微风在黑暗中止息时，没有法术风取代，船只便在平静晃动的海面上再度闲荡。这时，耸立在右手边的山峦，黑漆漆的，背后衬着星斗满布的壮丽天空。亚刃久久地凝望着它们，觉得那轮廓似乎很熟悉，好像以前见过，好像这辈子一直认得。

他躺下睡觉时，面孔朝南，可以看到那方向的黑色海面上空，高悬着明亮的戈巴登星。戈巴登星下方，是构成三角形的另外两颗星，这三颗星底下，另外升起一条直线，形成一个更大的三角形。再接下去，随着夜深，另外两颗星星脱离黑色与银色合成的水平面。它们也是黄色的，与戈巴登差不多，只是淡些，由右至左从上方那个三角形的底边倾斜而出。如此看来，这八颗星就是九颗星当中的八颗了。据称这九颗星构成一个人形，或说构成赫语的“亚格南符”。就亚刃双眼所见，世上没有人长得像这个星星人形，若要说像，这个人就是被奇怪地扭曲了。不过，这形状有条钩形臂，又有横的一画，说是符文倒很明显，差的只是它的脚：还欠最后一画才算完整，而那颗星星还没升出海面。

亚刃等着看那颗星，等着等着却睡着了。

他黎明醒来时，“瞻远”已漂离欧贝侯岛。雾气掩盖住岛屿的海岸，只看得见山巅。南方蓝紫色的海面上方，雾气较薄之处，最后几颗星星仍在淡淡放光。

他看看同伴。雀鹰呼吸不匀，宛如在睡眠表象之下钻动的那份疼痛，想打断呼吸却没能打断。在寒冷而无阴影的光线中，他的面孔因露出皱纹而显得苍老。亚刃看着他，见到的是个力量尽失、没了巫艺、没了力气，甚至也没了青春，什么都没了的男人。他没有救起萨普利，也没有转移射向他的尖矛。是他把他们带入险境，却没有救他们。现在萨普利死了，他自己垂死，亚刃也将死去。如此一无所获，如此一切徒劳，都是这男人的错误使然。

亚刃就这么用绝望而清澈的双眼望着雀鹰，但什么也没看见。

山梨树下的喷泉，雾中奴隶船的白色法术光，或丝染之家颓败的树园，这些记忆一个也没来扰动他。他心中也没有任何豪气或顽强被唤醒。他望着黎明掩映下的平静海洋。海面上低平但大片的波纹被染上色彩，看似浅色紫水晶，像在梦中那么轻淡无力，完全没有“现实”的吸引力或活力。深陷在这梦境和海洋之中，感觉不到任何东西，只有鸿沟、虚空。连深度也没有。

这条船任随海风的兴致向前移动，不但时走时停，而且速度缓慢。欧贝侯岛的山巅在船后方缩小成黑点，山巅后方是渐升的太阳。海风飘送过来，把这条船带离陆地，带离世界，带进开阔海。

第八章

开阔海的子孙

THE CHILDREN OF THE OPEN SEA

近午时，雀鹰动了，并开口要水。喝了水即问：“我们在向哪里航行？”这么问，是因为他头顶上方的船帆是满涨的，船只宛如轻燕，飞翔在长浪之上。

“向西，或西北。”

“我觉得冷。”雀鹰说。但太阳正直射着，船上热气扑面。

亚刃没说什么。

“设法保持西向，到威勒吉岛，就是欧贝侯岛的西边，在那里登岸，我们需要水。”

男孩望望前方，看着空荡的大海。

“亚刃，你怎么了？”

他没说什么。

雀鹰努力想坐起来，但坐起不来；想伸手去拿搁在轮机箱旁的巫杖，也拿不到；想讲话，话语却停在干燥的唇上。濡湿之后又变硬的绷带底下，鲜血再度渗出，在他胸膛的深色皮肤上形成了一道如蜘蛛丝一般的红色痕迹。他用力呼吸，合上双眼。

亚刃看看他，没有感觉。但他也没久看，径自向前，重回船首蹲坐，凝望前方。他的嘴巴也很干，这时有稳定的东风吹袭着这片海域，与沙漠的风一样干燥。水桶里仅剩两三品脱①的水，在亚刃心里，那些水是要给雀鹰喝的，不是给他自己的，他想都没想过要去喝那些水。他已经放了钓线，因为离开洛拔纳瑞岛之后，他已学到生鱼可以止渴解饥。但钓线一直没有鱼儿上钩。无所谓。

船只在这片荒芜的水域上前进。船只上空，太阳也由东向西行进，虽然速度缓慢，但末了还是太阳赢了比赛，率先横过辽阔的天空，抵达天边。

亚刃一度瞥见南方有个高高的蓝色物体，以为可能是陆地或云朵。当时船只已朝稍偏西北的方向行驶数小时了，他不想费事抢风掉头，只任凭船只随波逐流。那块陆地可能是真的，也可能不是真的，反正无所谓。现在对他而言，风、光、海洋，一切雄伟光辉，都是隐晦与虚假。

黑暗来了，又转光明；再变黑暗，又现光明——那么规律，

---

① 1品脱≈0.568升。

仿佛在天空那张绷紧的帆布上擂鼓。

他由船上伸手到海水中，立刻见到一个鲜明的景况：在流动的海水底下，他的手变成淡绿色。他收回手，舔舔手指沾湿的部分。味道不佳不打紧，还害他嘴唇深切地感觉刺痛，不过他还是又舔了一下。但舔完就难受了，不得不伏下来呕吐，却只吐出了一点灼烧喉咙的胆汁。已经没有水可以让雀鹰喝了，真怕靠近他。亚刃躺下来，尽管酷热，身子却发抖。四周寂静、干燥、明亮——可怕的明亮。他遮住双眼挡光。

共有三人站在船内。他们瘦得像柴枝，骨架嶙峋，眼睛是灰色的，很像奇怪的深色苍鹭或白鹤。他们声音细小，宛如小鸟啁啾，他们说的话亚刃听不懂。其中一人的手上举着一个深色皮囊，正向亚刃的嘴巴倾倒，是水，亚刃贪婪地喝着，呛了一下之后，又再喝，一直喝到那皮囊倒空为止。这时，他才转头看看四周，并挣扎着想站起来，同时问道："他呢？他在哪里？"因为，与他一同在"瞻远"内的，只有这三个奇怪的瘦男人。

他们不解地望着亚刃。

"另一个人，"他哑着嗓子说道，干涩的喉咙和干硬的嘴唇不太能发出他想说的话，"就是我朋友呀——"

其中一人可能没听懂他的话，但至少领会了他的焦急，他伸出一只细瘦的手放在亚刃臂上，而用另一只手指示。“在那边。”他安抚道。

亚刃环顾，看见这条船的前头和北面有不少浮筏聚集，而且再过去的海面，还有成排成排的浮筏，数量多得像秋天的池塘里漂浮的落叶。每艘浮筏的中央都有一个或两个像小木屋或茅屋的棚子，低低地靠近水面。而有的浮筏还加了桅杆。它们就像漂浮的叶子，西方的汪洋海水在下方翻滚涌动，这些漂浮的浮筏也随之颠簸起伏。浮筏之间形成的巷道中，海水闪耀着银光；至于他们的上方，淡紫色和金黄色的雨云雄踞着，把西天染得阴暗。

“在那边。”那人说着，指向“瞻远”旁边的一艘大浮筏。

“还活着？”

他们全部呆望亚刃，最后有个人懂了：“还活着，他还活着。”

亚刃听了，呜咽起来，是没有眼泪的干泣。一人伸出细小但有力的手，拉起亚刃的手腕，带他离开“瞻远”，踏上“瞻远”所系泊的那艘浮筏。这浮筏很大且浮力佳，几个人的重量加上去，也没吃水多些。那男人带领亚刃穿过这艘浮筏，另一人则拿了一支长钩，把邻近一艘浮筏拉近些。那支长钩的顶端套着一个鲸鲨牙磨成的长弯钩。浮筏拉近了以后，亚刃和带领他的男人就跨步过去。男人引领亚刃走向一个遮棚或小木屋似的地方，那地方其中一面墙是开放的，另外一面用编结的帘幕封着。“躺下来。”那男人说。躺下以后的事，亚刃就完全不知道了。

他仰面平躺，眼睛盯着一块有很多小光点的粗糙绿色天花板。他以为自己是在赛莫曼的苹果园，那是英拉德岛王公贵族避暑的所在，位置就在贝里拉的后山山坡上。他以为自己躺在赛莫曼的厚草地，仰望苹果树枝间的阳光。

一会儿，他听见浮筏底下的架空处，海水拍击鼓荡的波浪声，也听见浮筏人以细小的声音在讲话，他们讲的是群岛区的普通赫语，但音调和节奏变了很多，所以很难听懂。正因如此，亚刃晓得自己身在何处了：在群岛区以外，在陲区以外，在所有岛屿以外，迷失在开阔海上。不过，他倒不担心，只是舒舒服服地躺着，有如躺在自家果园的草地上。

他想了一下，认为该起来时，就起来了。发觉自己清瘦了许多，而且像晒焦了似的。两腿虽然不稳，但还站得住。他拨开当作墙的编结挂帘，走出去，步入午后。

他睡觉时下了雨，浮筏的木头因淋湿而变黑；清瘦半裸的浮筏人，头发也因雨湿而变黑，贴着皮肤。他们用来建造浮筏的木头是平滑的大块方木，不但合并紧密，还做了填塞，以防渗水。但天空大半已转清朗，并可见到太阳位于西边，银灰的云层纷纷向东北方的远处飘去。

有个人向亚刃走来，小心地在几尺外止步。这人很瘦小，不比一个十二岁的男孩高，眼睛是黑色的，大而长。他手上拿了一支矛，矛头是象牙色的倒钩。

亚刃对他说：“多亏你和你的族人救我一命，感激不尽。”

那人点了点头。

“你可以带我去见我同伴吗？”

那个浮筏人转身，拉高嗓门，发出有如海鸟啼叫般的刺耳声音。叫完就蹲下，好像在等候。亚刃也学他照做。

浮筏也有桅杆，不过，他们所在的这艘浮筏倒没有加装桅杆。有桅杆的浮筏都张挂船帆，与浮筏的宽度相比，那些帆都非常小，是棕色的，质地不是帆布或亚麻，而是一种纤维，看起来不像是编的，倒像是击打而成，有如制造毛毡的那种方法。一艘约在四分之一里外的浮筏，先用绳子把桅杆上的棕帆放下来，然后一路钩开、撑开别的浮筏，漂过来与亚刃所在的浮筏并列。等到两筏间只剩三尺宽的间隙时，亚刃身旁那男人就站起来，轻轻松松地跳过去。亚刃照做，却是笨拙难堪地四肢着地——因为他两膝的弹力已荡然无存。他爬起来，发觉那个矮小男人在看着他，脸上表情并非幸灾乐祸，而是赞赏。显然，亚刃的镇静沉稳赢得了他的尊敬。

这浮筏比海面上其余浮筏来得高大，由四十尺长、四至五尺宽的原木组成，由于长年使用，加上天气的关系，木头都变黑、变平滑了。上头几个搭起来或围起来的棚子四周，竖立着一些怪异的雕像，而每个遮棚或围棚的四根角落高柱，都饰有几簇海鸟羽毛。亚刃的向导带他走向最小的一个遮棚，他在那里见到躺着安睡的雀鹰。

亚刃步入遮棚坐下，他的向导回到另一艘浮筏上，这里没有别人来干扰。约莫一个时辰后，一名女子从别艘浮筏带食物来给他。食物是凉了的炖鱼，上面洒了点透明的东西，略咸但好吃。另外还有一小杯水，水已变味，喝起来有沥青味——想必是源于水桶上防漏水的沥青。从那女子给他水的样子看来，他明白她给的是一种宝贵东西，一种该受礼待的东西。他满怀敬意地喝下水，喝完没再要——虽然他实在可以喝上十倍量的水。

有人帮忙在雀鹰的肩膀上绑了绷带，绑得很灵巧。他睡得深沉舒服，醒来时，两眼清亮，看着亚刃，一脸温和愉快的微笑——他严峻的脸上能出现微笑，真是让人吃惊。亚刃突然又感觉想哭了，他伸手按着雀鹰的手，什么也没说。

一个浮筏人走近，在不远处那座比较大的棚子内跪下。那棚子看起来有点像庙祠，门口上方多了个复杂的方形设计，而且门框的木头特别雕成灰鲸形状。这个浮筏人与其他浮筏人一样矮瘦，体格如男孩，不过他的面孔坚毅挺拔，有岁月风霜。他身上只披一块亚麻布，却不掩堂堂威仪。他说：“应该让他多睡觉。”

所以，亚刃离开雀鹰，来到他这边。

“您是族人首领。”亚刃说道。王公卿候，他一望即知。

“我是。”那男人微微点个头说。亚刃站在他面前，挺直不动。那人的黑眼睛迎接亚刃的注视。“你也是一位首领。”他观察后如此结论。

“我是。”亚刃回答。他很想知道这个浮筏人是怎么看出来的，但外表仍保持淡然：“但我服效我的大师，他在那边。”

浮筏人的首领说了些亚刃一点也听不懂的话：某些字词变得让人无从辨识，也可能有些是他不晓得的名字。然后才听见他说：“你们为什么进入‘巴乐纯’？”

“我们在寻找——”

但亚刃实在不知道该透露多少，也不晓得要说什么才好。所有发生的事，以及他们的追寻，仿佛是很久以前的事，他心中只是一团乱。最后他说：“我们是要去欧贝侯岛的。我们上岸时，他们攻击我们，所以我的大师受伤了。”

“你呢？”

“我没受伤。”亚刃说，从小在宫廷学到的冷静自若这时派上了用场，“可是，有……有件有点荒唐的事。一个跟我们同行的人，他淹死了。是害怕的缘故……”他没继续往下说，沉默而立。

首领用那双高深莫测的黑眼睛看亚刃，最后终于说：“这么说，你们来到这里是意外。”

“没错。这里还是南陲吗？”

“陲？不，那些岛屿——”首领挥动那只黑色的瘦手，由北向东，画了个约莫四分之一罗盘的大弧，“岛屿都在那个地带，”他说，“全部岛屿。”说完，再比比他们前面那片傍晚的大海，由北、经西、至南，说，“这里是海。”

“你们是哪块陆地的人，族长？”

“哪块陆地都不是。我们是‘开阔海的子孙’。”

亚刃注视他那机敏睿智的面容，再环顾四周，他看到大浮筏之上有庙祠，有高大的偶像，每尊偶像都是用整棵树雕成，包括神的形体、海豚、鱼、人、海鸟：还看到全族人忙着工作，比如编结、雕刻、钓鱼、在高台上炊煮、照料婴孩；也看到其他浮筏，至少七十艘，在海上散开呈一个大圆，直径恐怕足足有一里。这是一个镇，像个远处炊烟袅袅、孩童嬉笑声高扬空中的小镇。是个“镇”没错，只不过它底下是深渊。

“你们从不登陆吗？”男孩低声问。

“一年一次，去‘长沙丘’，我们在那座岛屿砍树，整修浮筏。时间都是在秋天，之后就随鲸鱼去北方。冬天时，浮筏各自散开，春天才回到巴乐纯聚合。届时，各浮筏互相往来、结婚、举行长舞节庆典。族人聚集的这一带，我们叫作‘巴乐纯碇泽’。大海洋流从这里向北传送，夏季再随洋流漂回南方，一直等到看见‘大王群’，也就是灰鲸群，才回头向北。我们一路追随它们，最后回到长沙丘岛的耶玛海滩，短暂停留。”

“族长，听起来，这种生活实在美妙之至。”亚刃说，“我从没听过像你们这样的族群。我的家乡离这里很远，可是，我们那个英拉德岛每逢夏至前夕，也都会举行长舞节庆典。”

“但你们是踩踏土地，使它安稳，”首领说时没有特别表情，“我们则是在深海之上跳舞。”

片刻过后，他问：“你那位大师怎么称呼？”

“雀鹰。”亚刃说。首领把音节照样诵念一遍，但对他而言，那些音节显然不具意义。从这点来看，亚刃明了这位首领叙述的情形是真的，这些族人年复一年居住在海上，在这片超越任何陆地或陆地踪迹的开阔海之上，不见陆地的鸟禽飞翔，不知一切有关人类的知识。

“他刚经历生死关头，需要睡眠。”首领说，“你先回那艘‘星辰浮筏’，等我的消息。”他说着，站起来。虽然他对自己的身份很清楚，但显然对亚刃的身份不十分有把握，所以不晓得是应该与他平起平坐，还是拿他当孩子对待。就此次情况而言，亚刃比较喜欢后者，所以对首领打算先退也不以为意。可是接着他却碰到个难题：浮筏都漂走了，两艘浮筏间只见丝缎般的海水泛着波纹展开，间隔足足有一百码。

那位“开阔海子孙”的首领，再度开口对亚刃说话——简洁有力。“游泳。”他说。

亚刃小心翼翼地下水，海水的清凉让他一身被晒伤的皮肤很舒服。他游了过去，总算把自己拖到另一艘浮筏上。爬上去之后，发现筏上有五六个小孩和少年，正不掩兴味地瞧着他。一个非常小的女孩说：“你游起泳来真像鱼钩上的鱼。”

“应该怎么游才对呢？”亚刃的自尊有点受伤，但仍然礼貌地问。事实上，他也不可能对这么小的人类同胞无礼。那小女孩如同一个经过磨光的桃花心木小雕像，精巧而脆弱。“像这样呀！”她大声说着，立刻像一只小海豹般投入亮花花的海水。过了很久，在不可置信的距离处，才瞧见她黑色服帖的头浮出水面，并听见她拉开嗓门大声招呼。

“来呀！”一个男孩这么说。他的年纪可能与亚刃相仿，但身高和体型看起来都不超过一般十二岁的男孩。他表情严肃，整个背部刺着一只蓝色螃蟹的刺青。他一投水，其他人也跟着投水，连三岁的小孩也一致行动。情势所趋，亚刃不得不投水。下海以后，他努力不制造水花。

“要像鳗鱼。”那男孩游到他肩膀旁边，这么说。

“要像海豚。”一个有着动人微笑的漂亮女孩这么说，而后消失在海水深处。

“要像我！”那个三岁小娃叽叽叫道，全身像瓶子般摇动着。

所以，那个傍晚直到天黑，以及金灿漫长的次日，以及再次日，亚刃都与星辰筏这些孩子游泳、聊天、工作。自从春分那天的清晨与雀鹰一同离开柔克岛以来，所有的经历要数这段体验最为奇特，因为它与先前、与这次旅程、与他一辈子碰到的事，都全然无关，甚至与未来还没碰到的事更加无关。夜晚睡觉，与其他人一同躺在星空下，他心想：在这里，置身阳光，超越世界边缘，与海洋的儿女相处，简直好比死了一般，是在经历死后的人生……入睡前，他会朝南方远处的天空寻找那颗黄星与那个“终结符文”的形状，他每次都能看见戈巴登星，以及较小与较大两个三角形，但现在，那颗黄星升得晚，他往往等不到整个形状出现在海平线之上就睡着了。这些浮筏日夜向南漂，但海上始终没有任何变化，因为无时无刻不变化，便就相当于没有变化。五月的暴雷雨过去了。夜里，星空灿亮；白天，阳光普照。

他明白，这些人的生活不可能总是这样子如梦似幻，自由自在。他问起冬天的情形，他们说，冬天总是下雨，海浪汹涌，所以浮筏各自散开，不管白天黑夜，都在灰茫与黑暗中浮沉，周复一周。去年冬天，暴风雨持续了一整个月，他们见到“雷云般”的巨浪。他们这么形容大浪，是因为他们根本没见过丘陵。当时，从一波巨浪的脊背，可以看到下一波巨浪在数里之外，声势浩大地涌来。浮筏能在那种大海上行驶吗？他问。他们说可以，但并非每次都行。春天聚集到巴乐纯碇泽时，总会有两艘，或三艘，或六艘……不见踪影。

他们成婚早。那个根据自己的名字“蓝蟹”在背部做了蓝蟹刺青的男孩，与那个叫“信天翁”的漂亮女孩是夫妻。男孩才十七岁，女孩还小两岁。浮筏族人之间，这样的婚姻很多。浮筏上有很多婴孩，或爬行，或学步，他们都用长带子绑在中央棚子的四根柱子上，碰到白天天热时，就爬进棚子，大伙儿扭挤着睡觉。年长的孩子照料年幼的孩子，成年男女则分担所有工作，大家轮流负责采收大片棕叶海藻。棕叶海藻的长度有八十至一百尺，叶缘很像羊齿植物。大伙儿合作把这种海底植物捣成布，并利用它的粗纤维编成绳子和网子。他们的工作还有钓鱼、晒鱼干，以及把鲸鱼牙磨成各种工具，等等。但他们总是有时间游泳、闲聊，而且从没有什么时候非把工作做完不可。他们没有时间区隔，只有“日”“夜”之分。度过几个这种日夜之后，亚刃感觉他好像在浮筏住了数不清的日子，而欧贝侯岛变成梦，那个梦后面是其他更为模糊的梦。他还感觉，他曾经住过陆地，曾经是英拉德岛王子的那段经验，是在另一个世界。

等他终于被召去首领浮筏时，雀鹰盯着他看了好一会儿，才说:“现在你又像那个我在涌泉庭见到的亚刃了，光鲜如同一只金色海豹。这里适合你，孩子。”

“是，大师。”

“但，这是哪里呀？我们远离了所有地方，已经航行到超过地图以外的地方……很久以前，我曾听人谈起浮筏人，当时认为那只是南陲的众多传说之一，是没有实质的幻想。想不到我们是被这个幻想所解救，我们的性命是被一个神话挽回的。”

他微笑着说话，宛如他也分享了夏夜在这里度过的、无限自在的生活。但他的脸是憔悴的，眼里也有一抹尚未获得光照的黑暗。亚刃瞧在眼里，面对它。

“我辜负了——”亚刃欲言又止，“我辜负了您对我的信赖。”

“怎么说，亚刃？”

“在欧贝侯岛那里，您一度需要我，您受伤，需要我协助，但我什么也没做。船在漂，我随它漂。您在痛苦当中，我却什么也没为您做。我曾看见陆地，我看见陆地了，但根本没有试着掉转方向——”

“静一静，孩子。”法师语气非常坚定，亚刃只能顺从。不久，法师便说:“告诉我，你那个时候都想些什么。”

“什么也没想，大师。完全没有想法！只觉得做什么都是徒然。我认为您的巫艺丧失了——不，当时我认为您根本就从来没有巫艺，您是骗我的。”亚刃脸上涌出热汗，而且他必须勉强自己，才能出声讲话，但他继续说着，“我那时候怕您，我担心死亡，担心透了，看也不敢看您，因为您可能就要死去了。当时我的脑子里，什么事也想不起来，只剩一件：假如能够，是不是可以为自己找到一条免死的途径。然而，在任何时刻，生命都是一直流逝，仿佛有个伤口，鲜血汩汩，就像您当时的情形一样。我那时觉得一切都是如此，所以没采取任何行动。我什么也不做，只想躲避对死亡的恐惧。”

他住了口。毕竟，道出实情是叫人难受的，但让他住口的不是羞愧，而是恐惧——那份相同的恐惧。他现在总算明白，这段海上的平静生活，这些浮筏上的阳光，为什么让他感觉好像来生或梦境，很不真实，这是因为他衷心明白，真实是空虚的，它们没有生命、温度、色泽、声音，而且——没有意义，也没有高度或深度。海上，及肉眼所见的形式、光照、色彩，尽管是一流的表演，但仍只不过是诸多幻象在肤浅的空洞中嬉玩罢了。

幻象一过去，就只留下无形与冰冷，此外一无所有。

雀鹰专注地看着他，但亚刃低头躲开凝视。意外的是，他心里有个“勇气”的微声在发言——也可能是“嘲弄”的微声吧，总之是傲岸无情的发言：“懦夫！懦夫！你连这也要抛弃吗？”

他于是努力勉强意志，抬起眼睛迎视他同伴的双目。

雀鹰伸手拉起亚刃的一只手，紧紧一握。所以，两人的目光与血肉都有了接触。

“黎白南，”雀鹰以前从没叫过亚刃的真名，亚刃也不曾告诉他，但雀鹰这时却这么叫唤，“黎白南，这名字是正确的，而且就是你的名字。世上没有安全，没有尽头。人必须在寂静中，才能听见世界的声音；必须在黑暗中，才能看见星星。若要跳舞，永远要在虚空处、要在恐怖的深渊之上，才算舞蹈。”

亚刃很想挣脱，但法师不放手。“我辜负您了，”亚刃说，“而且以后还会再辜负，因为我力气不够！”

“你力气十足。”雀鹰的声音好像柔和了些，但这温柔之下却是严厉，在亚刃内心羞愧的深处，那份相同的严厉依旧现身嘲讽着他，“凡你爱的，你会继续爱下去。凡你正在进行的，你会一直做下去。你是大家依靠的对象，倘若你还没理解这一点，也不足为怪，毕竟你才只用了十七年的时间来理解而已。可是黎白南，你仔细想想：拒斥死亡就是拒斥生命。”

“但先前我就是跟着你在寻找死亡呀！”亚刃抬头盯住雀鹰，“像萨普利——”

“萨普利不是在寻找死亡，他寻找的是如何逃离死亡、逃离生命。他寻求安全：他惧怕死亡，想终结那份惧怕。”

“但，是有个途径没错，是有条超越死亡再回生的途径，超越死亡而回生，成为没有死亡的生命。那就是了——是他们寻找的。萨普利、贺尔，还有那些曾是巫师的人。那也是我们要找的。而您！尤其是您，您一定知道那途径——”

雀鹰仍然紧握亚刃的手。“我不知道，”他说，“真的，我清楚那些人自以为在寻找什么，但我知道那是谎言。亚刃，听我说，你会死，你不会永远活着，没有任何人或任何事物会永存不朽。但唯有我们，才得以认识这件事实。这是一份厚礼：‘我’这份礼。因为我们所拥有的，我们心知必然会失去，也甘愿放弃……那个‘我’是我们的折磨、荣耀和人性，它不会持续永存。它会变化、会消失，像大海的一道波浪。你会为了拯救一道波浪、为了挽救你自己，而叫大海静止、潮水歇息吗？你会为了追求长久的安稳，而放弃双手的技艺、心灵的热情、日升日落的光芒吗？这永恒的安稳，就是在瓦梭岛、在洛拔纳瑞或其他地方的那些人要找的。他们一听，就听到那讯息：否认生命，就可以永远拒绝生与死！我却没听到，亚刃，那是因为我不愿听。我不会采取这绝望的提议。我盲聋若此，你成了我的向导，你的纯真、勇气、鲁莽、忠诚等，都是我的向导，是我派往黑暗当先导的孩子。我跟随的，是你的恐惧与痛苦。你一直觉得我对你太严厉，其实你还没体会到什么叫严厉。我利用你的爱，如同点燃一支蜡烛，燃烧那份爱以照亮前进的路。我们必须继续这样走下去，我们必须继续这样一直走下去，走到海洋干涸、欢悦枯竭，走到你那凡躯之恐惧把你拉去的地方。”

“那是哪里，大师？”

“我不知道。”

“我没办法带你去那里，但我愿意跟你一起走。”

法师凝视亚刃的目光，沉郁深远。

“但是，如果我又失败，又背叛你——”

“我信任你，莫瑞德之子。”

说完，两人都沉默了。

在他们头顶上方，雕刻的偶像背衬着蔚蓝的南方天空，很轻很轻地摇摆，这些偶像有海豚、收翼的海鸥，还有人脸——人脸上那双凝望的眼睛是贝壳做的。

雀鹰站起来，由于伤口离完全疗愈还差得远，所以动作不灵活。“我坐累了，”他说，“老是不动的话，会长胖。”说着，他开始在浮筏上踱步。亚刃陪他一起踱步，两人边走边谈。亚刃告诉雀鹰自己这几天的生活情形，还提到他认识的浮筏人朋友。这时的雀鹰，不安的成分大于持有的力气，而那点力气，也很快就用尽了。有个女孩在“大王群之屋”后面的一架编织机前编织藻叶。雀鹰停在女孩旁边，请她帮忙去找首领来。之后便先回休息的棚子。浮筏人首领来到棚子，礼貌地问候。法师也还以礼貌问候，三人一同在棚内海豹皮毯子上坐下。

“我已经思考过您告诉我的那些事，”首领和缓庄重地先发话，“也就是，为什么人类想从死亡重返他们自己的身体，而且在寻求过程中忘了敬拜诸神，也忽略了自己的身体，最后导致发疯。这实在是一件邪恶的事，也是极愚蠢的行为。此外我思考的是，这种事跟我们有什么关系。我们与其他人类一无瓜葛，不论是他们的土地、他们的方式、他们的生产、他们的破坏，都与我们无关。我们在这片海域生存，我们的生命就是海的生命。我们既不希望保存它们，也不想失去它们。疯狂不会在这里出现。我们不登陆上岸，陆上的人也不来我们这儿。我年轻时，去长沙丘岛伐木以搭造浮筏及过冬用的棚屋时，偶尔会与乘船到长沙丘岛的人讲讲话。秋天时，我们也常看见有船跟随灰鲸的游踪，从欧侯岛和威外岛（他这么称欧贝侯岛和威勒吉岛）来。那些人也常远远跟着我们的浮筏，因为我们晓得‘大王群’在这海域的行进路线及相会处所。但那是我仅有的与陆地人往来的经验。如今他们都不来这里了。也许是他们都发疯并互相挑起战争的关系吧。两年前，从长沙丘岛向北方的威外岛看过去，我们曾见到大规模焚烧的浓烟，持续三天。要是陆地人真的在打斗焚烧，那跟我们有什么关系？我们是开阔海的子孙，我们过的是海洋生活。”

“可是，这次见到陆地人的船只在海上漂流，你却主动解围。”法师说。

“当时，我们有些族人说，那样做不智，他们想让那条船一直漂到大海尽头。”首领用一种冷静威严的声音回答。

“您与那些族人看法不同。”

“对。我当时说，虽然他们是陆地人，但我们得帮助他们。最后我们就那么做了。但您此行的任务，我们没什么兴趣。陆地人当中有人疯了，陆地人只能自己处理。我们只追随‘大王群’的路径，关于您的追寻，我们帮不上忙。您想在这里待多久，我们都欢迎。再过几天就是长舞节，长舞节过后，我们就会跟随东洋流，向北方去；等到夏天尽时，洋流会再带我们回到长沙丘岛附近的海域。您如果要跟我们走，很好；如果要驾您的船离开，也很好。”

法师向他道谢，首领起身离开，瘦小的身形硬朗如苍鹭。棚内只剩雀鹰与亚刃两人。

“‘纯真’不具备抵挡邪恶的力气，”雀鹰说着，有点苦笑，“但它有力气行善……我们就与他们相处一阵子吧，等我不这么虚弱再说。”

“明智的决定。”亚刃道。雀鹰身体的脆弱让他震惊，也让他动容，他决心保护这男人不受自身精力与紧急情况所害，坚持至少等他疼痛解除，才继续上路。

法师看亚刃一眼，似乎有点被他的赞词吓到。

“他们心地好，”亚刃没注意雀鹰的眼光，又接口道，“他们好像完全没有在霍特镇或别的岛屿所见到的那些灵魂的疾病。可能没有一个岛屿会像这些化外之民这样帮助我们、热诚接待我们。”

“你的想法很可能没错。”

“他们过着如此愉快的夏日生活……”

“的确。不过，一辈子吃冷鱼，而且永远见不到梨树开花，尝不到流泉的滋味，总会感到乏味吧。”

亚刃于是返回星辰筏，与其他年轻人一同工作、游泳、晒太阳。傍晚凉快时则与雀鹰聊天，然后在星空下安睡。日子渐渐到了夏至前夕的长舞节，这整批浮筏在开阔海的洋流中，慢慢向北漂移。

第九章

欧姆安霸

ORM EMBAR

一年中最短的这个夜晚，火炬整夜在浮筏上燃烧照明。星光闪烁的天空下，浮筏全部聚拢成圆形，所以火炬也构成一个环形在海上闪动。浮筏人跳舞时没有击鼓、弹琴或借助任何音乐，仅凭光脚丫在摇晃的浮筏上踩踏节奏，以及歌者尖细的声音在他们这个海上住所中回荡倾诉。这一夜碰巧没有月光，在星光和火光之下，舞者的身体显得幽暗。不时有年轻人在浮筏间跳来跳去，动如鱼跃。大家互相比赛谁跳得远、跳得高，想用这种办法努力在破晓前把一整圈浮筏跳完。

亚刃与他们同舞不成问题，因为群岛区各岛屿都会举行长舞节，只是脚步与歌曲可能不同而已。随着夜渐深，很多舞者中止跳舞，坐下来观看或打盹。歌者的声音渐渐沙哑。亚刃与一群少年一路跳到首领的浮筏，他停下来，别人继续向前。

雀鹰与首领、首领的三个妻子，一同坐在靠近庙祠的地方。一位歌者坐在那两只作为门口的鲸鱼雕刻中间，高亢的歌声整夜不曾减弱。他毫无倦色地吟唱，两手敲打木头，制造节拍。

“他在唱什么？”亚刃问法师，因为他听不清歌词，只晓得它们拉得很长，而且调子中有颤音和奇特的擦塞音。

“他唱的内容有灰鲸、信天翁、暴雷雨……他们不知道英雄和君王那类歌谣。他们不认得厄瑞亚拜的大名。稍早时他曾唱到兮果乙，说他如何在大海中缔造陆地。有关人类的民间传说，他们只记得那么多，其余都是关于海洋。”

亚刃仔细聆听。他听见那位歌者模仿海豚口哨似的叫声，整段歌谣环绕海豚编唱。他看见雀鹰的侧面背衬着火炬光亮，有如岩石般漆黑坚定；还看见首领的妻子们在轻声细语地聊天，眼睛水漾漾地闪着光；同时感觉到这艘浮筏在平静的海上漂呀漂，于是他渐渐睡意蒙眬起来。

他突然惊醒，因为歌者的声音没了。不只是靠近他们的这位歌者，远近浮筏上所有的歌者也都停止不唱了。众歌者尖细的声音有如远处海鸟的鸣叫般消逝，四周鸦雀无声。

亚刃回头看东方，以为天亮了，可是，月亮才刚升起，悬挂低空，夹在夏季星辰间，泛着金黄色的光亮。

接着，他往南看，黄色的戈巴登星高悬，它的下方有八颗伴星——连最后一颗都露面了。“终结符文”清晰明锐地挂在海面上空。回头，看见雀鹰黝黑的面孔正转向那几颗星。

“你为什么不唱了？”首领问那位歌者，“天还没亮，连黎明都还不到呢。”

那位男歌者嗫嚅着：“我不知道。”

“继续唱！长舞节还没结束。”

“我不晓得歌词，”歌者说话的声音提高了，仿若惊恐，“我没办法唱下去，歌词忘了。”

“那就唱别首！”

“也没有别首歌，结束了。”歌者大声说着，并向前弯腰，直到整个身子蹲伏在浮筏的木头上。首领惊异地瞪着他。

浮筏在噼啪作响的火炬下方，随海水摇摆。没有人说话。海洋的阒静，团团笼罩着在它之上活动的生命和光亮，然后将一切吞没。跳舞的人全停了。

就亚刃所见，那些星星的光辉似乎隐淡了，而事实上，东边尚无半丝天光。他心中起了恐惧，甚至想着：“太阳不会升起，白天不会降临了。”

法师站了起来，同时，他整支巫杖快速地泛射淡淡白光，连木杖上的银制符文也光亮而清晰可辨。“舞蹈还没结束，”他说，“光亮也没结束。亚刃，你来唱。”

亚刃本想说:“大师，我没办法唱！”可是他却遥望南方那九颗星星，深吸一口气，唱了起来。他的声音起初微弱沙哑，可是越唱越有力，他唱的是最古老的一曲——《伊亚创世歌》，关于黑暗与光明的平衡，关于吐出太初第一言的那人——“至寿主”兮果乙——创造绿色陆地的故事。

一曲未罢，天空转成鱼肚白。在这鱼肚白的蒙光中，只剩月亮与戈巴登星仍淡淡放光，火炬在黎明的晓风中嗞嗞作响。歌毕，亚刃默然，聚过来聆听的舞者静静返回各自的浮筏，光明照亮了东边天空。

“是首好歌。”首领说道。虽然他努力表现得淡然，声音终究不是很平稳:“长舞节没完全舞尽就终止歌唱的话，实在不好。我会命人用藻叶鞭子抽打那些懒惰的歌者。”

“倒是去安慰他们才好，没有一个歌者会选择缄默。”雀鹰边说边举步，但语调坚定，“亚刃，你随我来。”

雀鹰转身走向棚子，亚刃跟在后面。但，这个黎明的怪异现象尚未结束，因为就在东边的海天边缘转白时，北方飞来一只大鸟，它飞得非常高，翅膀捕捉了尚未照射人间的阳光，它当空鼓翼，闪闪发着金光。亚刃指着天空大叫起来。法师抬头一望，先是大惊，接着是热烈欣喜的表情，他高声喊道:“纳·西瑟·阿兀·格得·阿克韦萨！”这句“创生语”的意思是:“欲觅格得，于此可见。”

龙翼高扬空中，嗖嗖作响；巨爪可像捉鼠那般抓起一头公牛；长鼻子喷吐着蒸汽一般的火焰——这条龙宛如金色坠子落下，隼鹰般向摆动中的浮筏俯冲。

浮筏人大叫，有人缩倒在地，有人急跃入海，有人倒是静立观望——因为他们惊叹之余竟忘了恐惧。

这只龙在大家头上盘旋。它有一对膜状翼，两翼端约距九十尺长，它像金子打造的烟雾，在初临大地的阳光中发亮。它的躯干不比翅翼短，但瘦而拱曲，宛如猎犬。爪子如蜥蜴，全身披鳞戴甲，狭长的脊骨上有一整排锯齿状的拔尖突棘，很像玫瑰刺——只不过，长在隆背上的这种突棘高达三尺。越往后越缩小，到了尾巴那个最小的棘刺，大小和小刀的刀身不相上下。这只龙的棘刺都是灰色的，鳞甲是铁灰色，但带着金色闪光。它的眼睛细长，是绿色的。

首领被族人的恐惧撼动，倒忘了替自己害怕，他由棚内跑出来，手上拿着他们猎鲸用的鱼叉，那支鱼叉比他还高，顶端装有一个鱼牙大倒钩。他结实的小手臂举着那支鱼叉快跑以产生冲力，希望鱼叉投出去后，能刺中浮筏上空盘旋的那只龙狭长而覆有轻甲的腹部。

呆愣中的亚刃见状，立刻冲上前抓住他的手臂，结果与首领连人带鱼叉一同跌成一团。“您想用那支傻气的别针惹它发火吗？”亚刃喘气道，“让龙主先讲话！”

首领原有的气势被亚刃削去一半，只呆呆盯着亚刃、法师、龙。他没说话，龙倒先说了。

在场的人中只有格得明白它的话，他也是龙欲交谈的对象。龙族只会讲太古语，那是它们的语言。它的声音低静而带嘶音，像猫发怒时的轻叫，但大声多了，而且自然含带一种骇人的乐音在内。不管是谁听到这种声音，都会静下来聆听。

法师简短回答后，龙再度说话。它在法师头上轻轻鼓翼，亚刃心里想：倒像蜻蜓半空飞悬的样子。

然后法师回答：“梅密阿思。”意思是“我会来”。说时高举他的紫杉巫杖。龙的嘴巴大开，一团长烟如藤蔓般盘旋逸出。那对金黄翅膀像闪电般掀动，制造出一阵有焦味的巨风，然后，它回转身子，庞庞然飞向北方。

浮筏上那片静默中，只听见孩童微弱的叫声和哭声，女人在一旁安抚；男人有点羞赧地由海中爬回浮筏；被遗忘的火炬，正在第一道阳光中燃烧。

法师转头向亚刃，他脸上有道光采——可能是欣喜或纯粹的愤怒，但他话语柔和：“孩子，我们得走了，去向大家告别，然后随我来。”他自己转身向首领道谢并道别，然后由那艘浮筏跨越另三艘为了跳舞而并拢的浮筏，走到系着“瞻远”的那艘。显然这条船一直跟随这个浮筏小镇远行，缓缓漂至南方，这时就在后头空荡荡地摇摆。不过，这些开阔海的子孙已将空水桶装满接来的雨水。并预备了不少食粮，借此表达对客人的敬意。他们有很多人相信雀鹰是“大王群”当中的一员——只不过不是以鲸鱼的形态存在，而是以“人”的样态现身。等亚刃来会合时，雀鹰已升好船帆，亚刃便去解开系绳，跳入船内。他一跃入，船只立即驶离浮筏，船帆宛如迎风而鼓胀——虽然那时只有日出时分吹拂的微风而已。她尾随龙的形迹转向，仿佛风中飘浮的树叶，向北方疾驶。

亚刃回头时，那个浮筏小镇已如零星散布的小点，棚子和火炬木柱像小棒子或细木片漂浮在海面上。不久，这一切便在早晨的灿烂阳光中消失，“瞻远”向前疾驰，船首拍击海浪，溅起水晶般的浪花，船只疾驶而引来的海风，扬起亚刃的头发，并使他不得不眯起眼睛。

天底下，除了暴风以外，没有哪种风能让这条小船如此疾驰，而暴风虽能让她疾驰，却也会使她在惊涛骇浪中翻覆。可见这不是尘世的自然风，而是法师的咒语力量，才让她如此飞奔。

法师久久站在船桅边仔细观看，最后才在舵柄边的老位置坐下，一只手放在舵柄上，看着亚刃。

“刚才那只龙是奥姆安霸，”他说，“他是‘偕勒多之龙’，也是奥姆巨龙的族亲。奥姆巨龙就是当年杀了厄瑞亚拜，也被厄瑞亚拜所杀的那条老龙。”

“他是来追猎的吗，大师？”亚刃问，因为他不确定法师对那只龙讲的话是欢迎之词还是威吓之语。

“他是来找我的。凡是龙族要找的，就一定找得到。他来请求我出手相助。”他短促地一笑，“谁要是告诉我这种事，我一定不肯相信，一只龙竟然会向一个普通人寻求协助；而且还不是寻常的龙，是龙中之龙！虽然他不是最老的一条龙，但也已够老了，而且他是龙族中最强大的。他不像一般龙或普通人那样隐藏真名，他一点也不担心任何生物可能获得超越他的力量。他也不像别的同类会欺骗。很久以前在偕勒多岛上，他没有杀害我，还告诉我一件大事，就是指示我如何去找寻‘历王符文’。我之所以能使厄瑞亚拜之环复原，全托了他的福。可是，领受这种恩情，面对这种恩人，我却从没想过要回报！”

“这次他来告诉您什么事？”

“把我正在寻找的路径告诉我。”法师说时，表情更严酷了些，停顿一下又继续，“他跟我说：‘西方另有一龙主，彼蓄意毁吾类，且彼之力量较吾类强大。’我说：‘甚较汝强大乎，奥姆安霸？’他说：‘甚较吾强大。汝速随吾来。’他这样嘱咐，我就听他的。”

“你只知道这些？”

“其他详情，以后自然会知道。”

亚刃把系船绳绕好收妥，又把船上其他小事处理好。这段时间，兴奋刺激之感有如拉紧的弓弦在他内心紧绷作响，最后他把那强烈的响声说了出来。“这种向导比较好，”他说，“比其他那些来得好！”

雀鹰看他一眼，笑起来。“是呀，”他说，“我想，这一次我们不会走错路了。”

于是，两人开始这场飞越海洋的重大竞赛：从海图未标示的浮筏人海域到偕勒多岛，一千多里路之间，散布着地海最西边的所有岛屿。日复一日，白昼由清澈的海平面明亮升起，又沉入西边的红色里。在太阳金色的光环底下，在星辰银色的轮圈之下，这条船独自在海上向北奔驰。

有时，仲夏的雷雨乌云在远处聚积，在海面投射紫色阴影。此时亚刃总会看见法师站起来，出声并举手叫那些乌云飘过来，好让它们把雨洒在船上。闪电会在这些云层当中闪跃，雷声会轰隆作响，法师会一直高举只手站立，直到雨水落下，淋在他和亚刃身上，落进他们预备的容器中，也打在船内、打在大海上，用它的暴力打垮海浪。他和亚刃开心地笑起来，因为船上的食物虽然少，但还足够，而饮水则缺。服从法师咒语的暴雨虽然狂野，却让他们快乐。

亚刃对他同伴这期间轻轻松松地使用力量感到奇怪，有一次便说："我们刚开始这次旅程时，您一点也不运用法力。"

"柔克学院的第一课，也是最后一课，是'有需要才做'，绝不多做！"

"那么，这两课中间的教导，必定包括：认识什么才是需要的。"

"没错。'均衡'问题必须纳入考虑。可是，均衡一旦被破坏，就要考虑别的事了。其中最重要的是'紧急程度'。"

"可是，南方的巫师——现在大概也包括其他地方的巫师了——都已丧失他们的巫艺，连歌者也失去歌艺，为什么唯独您还保有呢？"

"因为我除了技艺以外，一无所求。"雀鹰说。

过了颇长一段时间之后，雀鹰更为爽朗地说："要是我不久就要失去巫艺，那么我会在它还保有时善加利用。"

这时的雀鹰真的有一份轻松，他对他自己的技艺怀着单纯的愉悦。亚刃看他总是如此小心翼翼，实在无从猜想他现在的这份轻松和快乐。巫师的心底以巫艺为乐，他们是巫艺家。雀鹰在霍特镇乔装，曾让亚刃非常不适。原来，对法师而言，那是游戏；

对一个不仅可随意改变容貌和声音，还可改变身体与存在本身，随意变成鱼、海豚或老鹰的法师而言，那是个微不足道的游戏。

有一次，法师说："亚刃，我让你看看弓忒岛。"说着，要亚刃注意看水桶表面。那只水桶的盖子已掀开，里面的水满到上缘。很多不怎样的术士都有能力在"水镜"上显像，雀鹰也这样做，他显出来一座云雾缭绕的山巅，耸立在灰茫的海上。法师换了一下影像，亚刃便清楚地看见这座山岛的一处悬崖。那景象，好比他是只鸟——海鸥或隼鹰，在海岸之外的风中飞翔，由风中俯瞰那个耸立在海浪之上、高达两千尺的悬崖。悬崖高壁上有间小屋。"那是锐亚白镇，"雀鹰说，"我师父欧吉安住在那里。很多年前他曾经平息过地震。现在，他只是养养山羊，种种药草，并持守'不语'。他年事已高，不晓得现在还会不会在山间漫游。但假如他过世了，即使就在此刻，我也会知道的，肯定会知道……"但他的声音不太有把握，因为影像这时摇曳不定，宛如那片悬崖正在倒下。等影像清楚后，他的声音也随之清晰："每年夏末和一整个秋天，他习惯独自登山入林。他第一次见到我，也是那样徒步而来。当时我是山村里一个不知世事的小毛头，他帮我找到我的真名——同时也给了我生命。"那面水镜这时显出的影像，宛如观看者是林间小鸟，由林内向林外观望的话，能看见山巅岩石与山巅白雪下方那片陡峭的阳光草坡；向林内观望的话，就看见一条陡斜的小径伸入绿影和金点交错的幽暗中。“那些森林的宁静，没有一处尘世的宁静比得上。”雀鹰神往地说着。

影像淡去，桶内的水面上只剩下炫目、滚圆的正午阳光。

“唉，”雀鹰带着古怪的失落表情，望着亚刃说，“唉，就算我回得去，你也不见得能跟着我去。”

下午，他们看见前方有块陆地，低低的、蓝蓝的，好像一团雾气。“那是偕勒多岛吗？”亚刃问，心头扑扑跳得好快。但法师回答：“我猜应该是阿巴岛或节西济岛。我们走的路程不到一半，孩子。”

当晚通过两岛间的海峡时，他们没见到任何灯火，空中倒有一股烟臭味，非常呛鼻，甚至肺部都感觉刺痛。天亮时，他们回头望，东边的节西济岛，在他们视线可及的海岸和内陆，一概烧得焦黑，岛屿上空有一层蓝灰色的烟雾。

“他们焚烧田野。”亚刃说。

“是呀，还有村庄，以前我就闻过那种烟味。”

“西方这一带的人是野蛮人吗？”

雀鹰摇头：“他们有农人，有城里人。”

亚刃呆望那片焦黑的陆地废墟和天空下凋萎的树木林园，面容僵硬起来。“树木伤害了他们吗？”他说，“他们非得这样为自己的错误惩罚草木不可吗？人类真野蛮，竟为了自己与别人之

挪斯特
碎石礁
依波司可
突普
西勒
德黑门
纳维墩
安丹登山
偕勒多
帕恩
欧农
偕勒多之门
革梅
帕恩海
娄叟
乌里
龙居诸屿
乌西翟洛
黎斯克
耶逖
斜辟墟
托林峡
印嘎特
昂图哥
托宁
下托宁
蟠多
奈墟
西陲
开尔突
九十屿
阿林思
安丝摩
邻开尔突
法尔突
帕迪
阿巴
西姆利
节西济
沙岛
洛拔
欧贝侯
南陲
威勒吉
长沙丘
远叟

间的争端而纵火焚烧土地。”

“那是因为他们没有导师，没有君王。”雀鹰说，“气度恢宏者与具备巫力者，都退到一旁或躲进自己内心，想透过死亡寻找门路。据说，门路在南方，我猜大概就是这里。”

“这是某人所为——就是那条龙提到的那个人吗？似乎不可能。”

“为什么不可能？如果这些岛屿有个君王，他就是一个人，这里由他统治。一个人想要破坏或是治理，都很容易，端视那人是‘明君’或‘昏君’。”

法师声音里再度带有嘲讽甚至挑战的意味，亚刃的脾气被惹了起来。

“君王有属下、士兵、信使、将领，他借由这些属下进行统治。既然这样，这位……‘昏君’，他的属下在哪里？”

“在我们心里，孩子，在我们心里。我们内心里的那个叛徒、那个自我，那个哭喊着‘我要活下去，只要我能活下去，让人间任意败坏去吧！’的自我，我们内在那个背逆的灵魂，躲在黑暗中，有如关在箱里的蜘蛛。他对我们大家说话，但只有少数人听得懂，不外乎巫师、歌者、制造者与英雄豪杰这些努力要成为自己的人。‘成为自己’是稀罕的事，也是了不起的事。那么，永远当‘自己’，岂非更了不起？”

亚刃逼视雀鹰:“你的意思其实是说，那样并没有更了不起。但请告诉我为什么。我开始参与这次旅程时，还是个孩子，当时我不相信死亡。但现在我已经多学了些事情，虽然不多，但到底有一些。我学到的是：相信死亡。但我还没学到高高兴兴超越它，进而欢迎我自己的死亡或您的死亡。假如我爱生命，难道不该厌恨它的终结吗？为什么我不能渴望永生不朽？”

以前在贝里拉家乡教导亚刃击剑的师父，是位六十开外的老者，矮小、秃头、冷酷。虽然亚刃明白他是出色的剑客，但有好几年，亚刃一直很不喜欢他。某日练剑时，他逮到师父的防卫疏失，把他击败了；他永远忘不了师父冷酷的脸上突然一亮，露出令人难以置信的、矛盾的喜悦、希望、快乐——对手，终于成为对手了！从那天起，击剑师父训练他时，都很无情。而且每逢两人对打时，同样的无情微笑总会挂在那位老者脸上，亚刃如果加倍出击，那微笑就加倍明灿。现在雀鹰脸上就有相同的微笑。

“为什么你不能渴望永生不朽？你如何能不渴望呢？每个灵魂都渴望永生，而且灵魂的健康就来自那股欲望特异的力量。可是，亚刃，你要当心，很可能你就是达成欲望的那一个。”

“达成以后呢？”

“达成以后嘛……就是这样喽：昏君统治，技艺遗忘，歌者失音，眼目致盲。看！土地荒瘠，疫祸四起，创伤待疗。一切都有两面，亚刃，一体两面：尘世与幽冥，光明与黑暗。这一体两面构成‘平衡’。生源于死，死源于生，这两者在对立的两端互相向往，互相孕育且不断再生。因为有生死，万物才得以重生，无论是苹果树的花，还是星星的光芒，都是如此。生命中有死亡，死亡中有重生。没有死亡的生命是什么？一成不变，永存永续的生命——除了死寂，没有重生的死寂，还有什么？”

“但是，‘大化平衡’怎么会因某个人的行为、某个人的生命而受到危害？那肯定是不可能的，这种事不可能被容许……”他困惑地停住了。

“谁容许？谁禁止？”

“我不晓得。”

“我也不晓得。不过我明白，人有可能做出多么邪恶的事来，单独一人就可以，我太清楚了。因为我自己做过，所以我知道。我曾经受同样的骄傲驱使，做了同样邪恶的事。我开启生死两界之间那扇门，只开了一条缝，一条小缝，就是为了证明我比死亡本身强大。当时我年少，没遭遇过死亡，与你现在一样……后来，为了把那扇门关上，倪摩尔大法师耗尽了全部的力量，失去了巫艺和性命。你可以在我脸上看到那一夜为我留下的记号。可是它杀害的是大法师。啊，亚刃，光明与黑暗之间的门是能够开启的。只是要花力气，但确实有可能办到。至于要把它关上，那又是另外一件事了。”

“不过，大师，这与您当时做的，肯定不同——”

“为什么不同？因为我是好人吗？”鹰雀眼中再度闪现了钢铁般的冷峻、鹰隼般的冷静，“什么样的人是好人，亚刃？不会行恶的人，不会开启通往黑域之门的人，内在没有黑暗的人，就是好人吗？孩子，重新再看一遍，看远些。你今天所学的东西，等到日后去你该去的方向时，将会用到。往你自己的内在看！先前，你难道没听见一个声音说‘来呀’？你难道没有跟随？”

“我是跟随了没错。但我……我当时认为，那……是他的声音。”

“那是他的声音没错，但也是你的声音。假如不是用你自己的声音，他如何能隔空对你说话？如何对所有能听到他声音的人说话？就是那些术士、制造者和寻觅者，那些跟随他们内在声音的人。他怎么没呼唤我呢？不过是我不听罢了，我再也不要听到那个声音。亚刃，你天生拥有力量，与我一样，这种驾驭众人、驾驭心灵的力量，不就是驾驭生死的力量吗？你正当年少，刚好站在种种可能之间，站在影子境域中，站在梦境里，所以才能听见那个声音说‘来呀’。但我已老矣，做完该做的，挺立在白日天光中，面对自己的死亡，面对所有可能的终结。我知道只有一种力量是真实的，且值得拥有——就是不攫取，只接受。”

节西济岛已经远远落在他们后面，成了大海上的一个蓝点。

“那么，我是他的仆人。”亚刃说。

“你是他的仆人没错，而我则是你的仆人。”

“但他到底是谁呢？他是什么？”

“我猜想，他是一个人，甚至就像你我一般。”

“就是您提过的——黑弗诺的术士，召唤亡魂的那个人？是他吗？”

“很可能是。他很有力量，而且动用全副力量来否认死亡。他还懂得《帕恩术典》的大咒语。当年我使用这咒语时，年少又愚蠢，差点毁了自己。如果是个年长、强大而毫不在乎结果的人来使用，那他便有可能毁了整个世界。”

“但您不是说过他应该已经死了吗？”

“是。”雀鹰说，“我是说过。”

他们没再多谈。

那天夜里，海上满是大火。“瞻远”的船首激起强劲的海浪往后打，海面上，每条鱼的游动都现出清晰的轮廓，而且活蹦闪亮。亚刃一条手臂搭在船舷上，头搁在手臂上，一直观望那些放出银色光泽的圆圈和漩涡。他把手伸入水中，然后举起来，光线就从他手指微微流泄下来。“瞧，”他说，“我也是巫师了。”

“那种天赋，你倒是没有。”他同伴说。

“等我们与敌人相会时，”海浪不停地摇曳闪光，亚刃凝视着，“我没有巫师的天赋，能对您有多少帮助呢？”

打从一开始起，亚刃就一直希望，大法师选择他，而且只选择他加入这次旅程的理由，是因为他多少拥有一点与生俱来的力量，那是由祖先莫瑞德那儿继承来的，而且会在紧要关头、在最黯淡的时刻派上用场。那样的话，他就能由敌人手中救出他自己和他的大师，以及全世界。可是最近几天，他曾再度审视那个希望，竟像从很远的地方去看那个希望，简直像在回忆，回忆很小的时候他曾渴望试戴父亲的王冠，遭制止时还为此哭泣。而如今，这个希望同样是个“时机不对”的、幼稚的希望。他内在没有巫力，永远也不会有。

他能够戴上，也必须戴上父亲的王冠，以英拉德亲王的身份统治这片领土，那个时刻一定会来临。但现今来看，那似乎是一件小事，他的家也是一个小地方，而且很遥远。这想法并非不忠，事实上，他的忠诚甚至扩大了——因为他现在是忠于一个更伟大的典范，忠于一个更宽阔的希望。他还认识到自己的软弱，借由那份软弱，他学会了衡量自己的力量，结果发现他是强大的。不过，假如他一无天赋，那么，空有力量又有何用，难道除了服从与不变的爱以外，就没有别的可以提供给他的大师了？他们正要去的所在，仅凭这样够吗？

但雀鹰只说：“要看一盏烛光，必须把蜡烛带入黑暗。”亚刃试着用这句话安慰自己，但发现它没有多大功效。

次日早晨他们醒来时，天空是灰的，海水也是灰的。船桅上方，天空呈现出宛若猫眼石般的蓝色——因为浓雾压得低。对北方人，像英拉德岛的亚刃，以及弓忒岛的雀鹰，这种浓雾实在像老朋友一样受欢迎。它轻轻罩住船只，所以没办法看得很远。但他们倒觉得，待在一径灿亮的空间里数周，海风直吹，现在遇到这种天气，宛如置身熟悉的房间。他们正渐渐回到他们习惯的气候，可能已到达柔克岛的纬度了。

“瞻远”航行其上的这片海域，浓雾四罩，但东方约七百里处，晴朗的阳光照在心成林的林木枝叶上，照在柔克圆丘的绿色丘顶上，也照在宏轩馆高屋顶的石板瓦上。

南塔的一个房间。这是魔法师的房间，里面零乱地充塞着蒸馏瓶、蒸馏器、大肚瓶、曲颈瓶、厚壁熔炉、小烧灯、钳子、风箱、剪子、台架、锉刀、导管等。还有千百种盒子、瓶子与塞口坛，都用赫语或更秘密的符文贴着标签。另外更有炼金术需用的什物，如玻璃吹制法、金属提炼法、治疗术的道具等。屋内那几张放满东西的桌椅中间，站着柔克学院的变换师父与召唤师父。

一头灰发的变换师父，两手正拿着一块大矿石，那矿石的样子像未经雕琢的钻石。事实上，那是一块矿石水晶，它内部带有淡淡的蓝紫色和玫瑰色，但仍清澈如水。不过，往那清澈的石心望进去的话，会发觉它并不清澈，呈现在眼中的，不是四周实际景物的反射，也不是景物的映像，而是一些无比深邃的平面和深度。要是再一直看进去，就会把观者引进梦中，再也出不来了。这块大矿石是“虚里丝之石”，过去它一直由威岛的历代亲王保存，有时它仅是被当成宝物收藏，有时作为助眠的持咒物，有时则被拿去为害，因为若完全不了解而看进水晶内无止尽的深度，时间长了是可能发疯的。但是，威岛的耿瑟大法师前来柔克岛履任新职时，把这块“虚里丝之石”一起带来了，因为，在法师手中，它会呈现真实。

只不过，它所呈现的真实，因观者不同而有差异。

所以现在，变换师父手执这块矿石水晶，由凹凸不平的表面，看向那无限的、淡色的、闪光的深处，大声说出他双眼所见：“我看见一块土地，地面很平，如同我站在世界中心的欧恩山，举世尽在我脚下，甚至可以看到最偏远的陲区及陲区以外的地方。全部都看得很清楚，我看见伊瑞安岛航道中的船只，托何温岛人家的炉火，以及我们此刻所站的南塔屋顶。可是，过了柔克岛就什么都没了。南方没有陆地，西方没有陆地。应该是瓦梭岛的地点，我没看到瓦梭岛。西陲岛屿一个也不见，连最靠近柔克岛的蟠多岛也没有看到。还有欧司可岛、依波司可岛，它们到哪儿去了？英拉德岛上方有雾气，一片灰茫，像结了蜘蛛网。我每多看一眼，就多消失一些岛屿，岛屿原本所在的海洋，变成没有中断的连续汪洋，如同‘天地创生’之前……”说到“天地创生”时，他的声音结巴了一下，仿佛那几个字很难说出口。

他把矿石放在象牙座中，退到一旁。他慈祥的容貌扭曲了，说：“你看看可以见到什么。”

召唤师父双手捧起水晶矿石，缓缓转动，像是想在凹凸但光亮的表面找到一个视线入口。他捧了很久，一脸专注。最后放下时，他说：“变换师父，我只见到一点点碎片残影，合不成一个整体。”

灰发师父两手紧紧交握：“这不是很奇怪吗？”

“为什么会这样呢？”

“你经常眼花吗？”变换师父震怒般大吼，“难道你没看见——”他数度口吃，最后才有办法说，“难道你没看见，你的眼睛有一只手遮着，就如我的嘴巴有一只手遮着？”

召唤师父说：“大师，您过度紧张了。”

“把‘矿石之灵’召唤出来。”变换师父克制着说道，声音有些闷窒。

“为什么？”

“为什么？因为我要求你。”

“哎呀，变换师父，您竟然刺激我去——这不就像跑去熊穴前玩耍的小男孩吗？我们是小孩吗？”

“对！在我看了‘虚里丝之石’以前，我是小孩没错——一个吓坏的小孩。把‘矿石之灵’召唤出来。大师，您要我求您吗？”

“不用。”这位高个子师父皱着眉转身，从较年长的变换师父身边走开。接着他张开双臂，做出开始施法的姿势，然后仰头，念了一串咒文音节。他念咒时，“虚里丝之石”的内部渐渐变亮，房间因而转暗，阴影幢幢。当阴影变得很暗，而矿石变得很亮时，他合起两手，把水晶举到面前，往矿石光亮的内部看。

他先静默一会儿，然后说：“我看见‘虚里丝之泉’。”他轻声说：“有水池、水盆、水瀑。银色的水帘流经洞穴，洞穴有蕨类生成的苔藓层积，有波浪状的沙石。我看见泉水飞溅流淌，深泉由地面喷涌而出，那奥秘与甘甜的源泉，那泉水……”他再度静默，如此伫立片刻。在矿石的光辉照射下，他的脸孔也变成银色了。然后，他大叫出声，双手掩面，跌倒在地。矿石掉下来，打中他的膝盖。

房间内的阴影没有了，夏日阳光渗进这个零乱的房间。那块大矿石躺在一张桌子旁的尘土与垃圾之上，毫无破裂。

召唤师父盲了似的伸手去抓另一个男人的手，孩子似的。他深吸一口气，好不容易才站起来，稍微倚着变换师父，嘴唇有点发抖地说话，但仍努力挤出微笑：“大师，从今以后我不敢接受您的挑战了。”

“你看见了什么，索理安？”

“我看见喷泉。看见喷泉沉陷，溪流变干，泉眼退缩，而且底下全部变黑、变干。您刚才看见‘天地创生’之前的海洋，我看见的是……之后……‘天地尽毁’之后。”他润了润嘴唇，说，“我真希望大法师在这里。”

“我倒希望是我们在他那儿陪着他。”

“在哪儿？现在，谁也找不到他。”召唤师父抬头看了看窗子，那几扇窗子露出依旧蔚蓝的天空，“派人去找，找的人根本到不了他那儿；用召唤术呼唤他，召唤的讯息联系不到他。他正在你刚才所看见的那片空虚的大海上，正朝着泉水变干的地方前进，他正置身于我们的巫艺起不了作用的地方——不过，即使到了这地步，可能仍有些法术可以与他联系——某种帕恩民间术。”

“但那种民间术是用来把亡者带回人间界的。”

“也有一些是把生者带去冥界。”

“你不会认为他已经死了吧？”

“我认为他正迈向死亡，而且正被拖向死亡。我们大家也一样。我们的力量正渐渐失去，还有我们的力气、我们的希望和我们的好运。泉源都在慢慢干涸。”

变换师父忧心忡忡地盯着召唤师父好一会儿，才说：“索理安，别想派人去找他。他知道自己在寻找什么，远比我们知道得早。在他看来，这世界正如这个‘虚里丝之石’所示，所以，他不但已经看清楚事实如何，也明白应当怎么办……我们帮不了他。宏深大法已经面临危险，其中最危险的是你刚才提到的‘民间术’。我们必须依照他离开前给我们的指示，尽力站稳，留意柔克岛的水井，以及各种相关名字的记忆。”

“是，”召唤师父说，“但我还是得告退，去思考一下这件事。”于是他离开那间塔房，走路有点僵硬，但仍高高地抬着他那黝黑、高贵的头。

次日早晨，变换师父去找他，敲了门却没有回应，入内一看，发现召唤师父四肢伸展，趴着倒卧在石地板上，样子好像被人从后面冲过来用力一击。他的两臂全幅展开，像施法的姿势，但两手已经冰冷，睁开的眼睛无法看见什么。变换师父跪在他身旁，试着用法师的权威叫他，喊他的名字“索理安”三遍，他依旧躺着不动。他没死，但仅余的生命气息只够维持心脏微弱的跳动。变换师父抱住他，喃喃道：“噢，索理安，我强迫你看进那块矿石，都是我害的！”然后，他快步跑出房间，对碰见的每个人，不管是师父或学徒，都说：“那敌人已经来到我们中间了，侵入了防卫精良的柔克学院，并从核心打击我们的力量！”虽然他平日是个温和的人，但这时他的样子好像发狂，而且冷酷，使看见的人都害怕，“好好照顾召唤师父，”他说，“但是，他所专长的召唤术已经丧失，谁能把他的灵魂召唤回来呢？”

他向自己的房间走去，大家纷纷闪避，让他通过。

有人把药草师父请了来，他要大家把召唤师父索理安放到床上，用被子盖妥以保暖，但他没煮泡任何医治药草，也没唱诵任何用来医治病体或乱心的歌调。一位跟在旁边的徒弟——一个尚未成为术士，但颇有医治潜力的少年——不由得问：“师父，不用为他做任何事吗？”

“在那道墙的这一面，我们什么也不用做。”药草师父这么说。然后，像是突然想起他在对谁说话似的，又说：“孩子，他没病。况且，倘若他身子真有发烧或患有疾病，我不知道我们的技艺能有多少效用。最近，我的药草似乎都没什么味道，而且我持诵医治术时，也是一点效力都没有。”

“这现象与昨天诵唱师父说的一样。他当时正在教我们诵唱，唱到一半突然中止，说：‘我不晓得这歌谣的意思。’说完便走出讲堂。有的师兄弟笑起来，但我当时却感觉脚下地板好像沉陷了下去。”

药草师父注视这徒弟直率聪颖的脸庞，又转头俯视召唤师父冰冷僵硬的脸庞。“他会转醒过来与我们再见的，”他说，“歌谣不会被忘记。”

然而，当晚变换师父就离开了柔克学院。没人见到他走时是什么样子。他就寝的房间有扇窗子望向院子，第二天早晨，那扇窗子开着，而他不见了。大家认为他运用他的变换技巧，把自己变成小鸟或禽兽，甚至变成一阵雾或风，因为没有任何“形”或“质”难得倒他。他就这样从柔克学院消匿无踪，说不定去寻找大法师了。要是法术失败或意志不济，这种形状的变换可能会被自身法术攫获而无法返回原形，了解这一点的人都为他担心，但他们没有把内心的忧虑说出来。

如此一来，“智者咨议团”一下减少了三位师父。日子一天天过去，却一直没有大法师的消息传回来，召唤师父宛如死了般躺着，变换师父也没回来，宏轩馆内弥漫着寒意与阴影。众学徒交头接耳，有的说要离开柔克学院，因为学院没传授他们来此想学的东西。“也许呀，”有一位说，“这些秘密的技艺与力量打一开始就全是谎言。全体师父当中，只剩下手师父还会一些妙招，可是我们都知道，老实说，那些全是幻象。如今，别的师父不是躲起来，就是拒绝做任何表示——因为呀，他们的把戏全曝光了。”另一个人听了，还加油添醋道：“哼，巫艺是什么东西啊？不过是一场幻象的表演。魔法技巧到底是啥呀？它可曾救人免死，或起码给人长寿？师父们倘若真有他们自称的那些力量，肯定每一位都可以长生不死喽！”说着，他与别的师兄弟开始畅谈历代卓然有成的法师之死，包括莫瑞德如何战死，倪芮格被灰法师杀死，厄瑞亚拜被龙杀死，前任大法师耿瑟嘛，居然和普通人一样，在床上病死。这些话，嫉妒心强的学徒听了，内心喜滋滋的；其他人听着则觉凄惨可怜。

这期间，形意师父仍独自待在心成林，没让任何人进去。

平日鲜少露面的守门师父，未见改变，双眼一无阴影，照旧微笑着守护宏轩馆所有门户，随时准备迎接大法师的归来。

第十章

龙居诸屿

THE DRAGON'S RUN

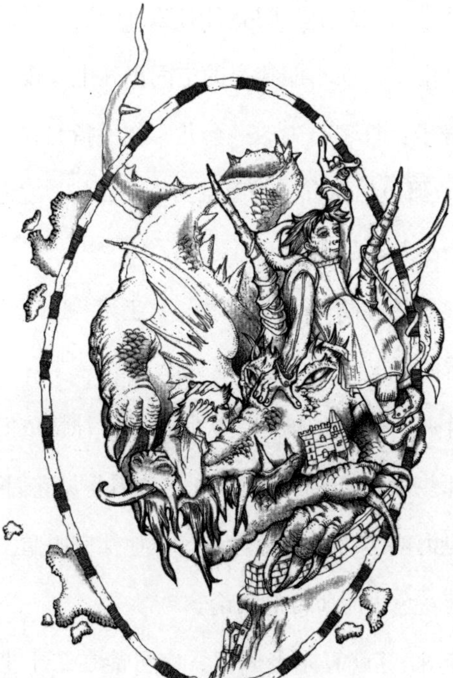

西陲最外围的大海上，明亮且有凉意的这个早晨，“智者之岛”的大法师醒了。在小船狭窄的空间里睡上一夜，不免四肢僵硬，他坐直身子，打着哈欠。一会儿，他手指北方，对也在打哈欠的同伴说：“那边！你有没有看见两个小岛屿，它们是龙居诸屿最南端的两个小岛。”

“大师，您的眼睛不愧是鹰眼。”亚刃一边说，一边张大蒙眬睡眼，细看海洋，但什么也没看见。

“所以才叫‘雀鹰’嘛。”法师说着，神情依旧愉快，似乎是为了抖落那些忧虑和不祥的预感，“你看得见它们吗？”

“我看见海鸥。”亚刃说道。这是他揉完眼睛，仔细搜索船只前方那片蓝灰色大海所得的结论。

法师笑起来：“就算是老鹰吧，它可能在二十里外看见海鸥吗？”

随着东方天际的雾气被太阳渐渐照亮，亚刃原先所见的在空中晃动的细斑点，仿佛一个个闪闪发光起来，好似金色的尘埃抖落在海上，或者像微尘迎着日光飞扬。亚刃终于明白，那些斑点是很多只龙。

“瞻远”渐渐靠近岛屿，亚刃看见那些龙在晨风中昂首腾飞，旋转绕圈，他一颗心也快活地与它们一同雀跃起来，那是一种类似痛苦的快乐满足。尘世的全部荣耀，尽在那些飞腾之中。它们的美结合了极端的遒劲、十足的狂野，以及理性的魅力——因为它们是会思想、有语言，又具备古老智慧的生物。它们飞腾的诸多样式，含有一种凶猛劲烈、控制自如的和谐。

亚刃虽然未发一语，心里却想：等一下会发生什么事都无所谓了，因为他已目睹群龙在晨风中飞舞。

偶尔，它们飞舞的样式会发生变化，圆圈被打破时，会有某一条龙从鼻孔喷射出长火舌，火舌悬浮空中，为狭长蜷曲的龙体额外加上了一道灿烂的曲线。法师见状说道：“它们在生气，把气愤舞在空中。”

未几，他又说：“我们现在是身处大黄蜂的巢穴。”因为这些龙早就看见海浪之上的小船帆，所以一只接一只由飞舞的旋风中破空而出，伸展龙体，划动巨翅，直向这条小船齐飞而来。

由于海浪奔涌的方向与航向相反，所以法师特别看了看坐在船舵边的亚刃。这男孩的双眼虽然看着那些鼓动的翅翼，但仍稳定掌舵。站在船桅边的雀鹰好像颇为满意，便回头，把船帆的法术风消除，举起巫杖，并大声说话。

耳闻他的声音，也听见他用太古语所说的话，有的龙半途转向，四散折返它们的小岛。但有的停下来，在空中盘旋，刀剑般的前爪张扬着，但已收敛些。其中有一只降低飞翔的高度后，继续向他们缓缓飞来——才不过两下子展翼的工夫，就来到他们头顶上了，盔甲似的腹部几乎碰着船桅。亚刃看到它两个肩胛骨之间的皱皮肉。该部位与眼睛是龙体仅有的弱点——不过要用附有强大法力的枪矛攻击才可能奏效。长有牙齿的狭长龙嘴喷出浓烟，呛着亚刃；随浓烟而来的是腐肉似的臭味，令他畏缩作呕。

黑影不见了。原来巨龙已反身，与来时一样低飞回去。这一次，在浓烟喷出以前，亚刃先感到巨龙的气息——那气息真像锻铁的焚风。他听见雀鹰说话的声音，清晰而凶猛。那条龙一走，其余龙也跟着走了。整群飞龙宛如火红的锻铁熔渣流转，在一阵风中飘回岛屿。

亚刃屏息观看，揩拭满覆冷汗的前额。回头看看同伴，瞥见他的头发全焦了——龙的吐息把雀鹰的发尾烧酥。沉重的船帆帆布，也有一面被烘焦。

“你的头发有点烧焦了，孩子。”

“您也一样，大师。”

雀鹰举手搔头，大吃一惊：“可不是！真失礼。不过，我不想与这些生物争吵。它们大概是生气极了或困惑极了才这样。它们刚才都没讲话。我从未碰到过一只龙，居然不先言明就主动攻击——除非那只龙有意折磨它的猎物——好啦，我们必须继续向前。亚刃，别注视它们的眼睛，非不得已时要把头转开。我们再来要利用自然风航行了，因为风刚好由南吹来，而且我可能需要用巫艺做别的事。船只行驶时，你负责照顾。”

“瞻远”继续向前航行，不久，左侧远处出现一座小岛，右侧则是他们一开始就远远瞧见的双子屿。这二座岛屿的崖壁都不高，光秃无树的岩石一概被排泄物染白——排泄物来自龙族，以及无所畏惧地在龙族之间筑巢生活的黑冠燕鸥。

龙族奔腾，高旋在空中组成如同兀鹰觅食的圆圈形状，但没有半只再度向船只俯冲。它们间或彼此呼叫，声音高昂严劲，划破空间鸿溟。它们的咄咄吐纳如果是在讲话，亚刃也听不懂。

船只绕过一个短岬后，亚刃看见岸上有个东西，初以为是一座城堡废墟——结果是只龙。它的一只翅膀弯折，压在身躯底下，另一只翅膀伸展在沙滩上，没入海水，以至于来来去去的潮水一直带着败走似的嘲弄，略微牵动那只翅膀。蛇般狭长的龙体躯干整个躺在岩石及沙土之上，一只前腿已不见，四肢曲拱处的鳞甲和筋肉均绽裂，而且肚破肠流，邻近数码的沙地均被有毒龙血染黑。不过那生物还活着，可见龙的生命力之强大，只有碰到力量相当的巫术，才可能迅速使其毙命。一双绿金色的眼睛仍张着，船只经过时，那个瘦实的大头还稍微动了一动，鼻孔发出嗞嗞声响，同时迸射如注的血流。

这只垂死的巨龙与海边之间的沙滩，留有它同类的巨爪与身躯的痕迹，垂死巨龙的内脏被踩进沙土之中。

航经那个岛屿海岸，接着通过龙居诸屿波浪滔滔的海峡，在向两串行屿挺进期间，亚刃与雀鹰都没有说话。龙居诸屿的海峡到处可见礁石与突岩，雀鹰说：“刚才那一幕真是惨不忍睹。”他的声音凄楚冰冷。

“它们……吃自己的同类吗？”

“不，它们没我们人类吃得凶。你所目睹的景象，是因为它们被逼得发狂，连语言也失去所致。它们比人类先会说话，它们比任何生物、比兮果乙的任何子孙都老迈，而今却被逼到沦为惊骇不能言的禽兽。啊！凯拉辛！你的翅膀把你带到哪里去了？你是否仍活着目睹你的族类承受如此耻辱？”他仰头搜寻天空，发出疑问，声音回荡如击铁。可是天空只见船后头的那些龙群，在巉岩罗布的岛屿与龙血染污的海岸上空盘旋飞绕，除了它们，就只有正午的蓝天和太阳。

除了这位大法师，在世活人不曾有谁在龙居诸屿的海峡驾船行驶。二十多年前，大法师曾由东至西，再由西返东，独自航行了这么远的距离。那次航行对一名水手而言，既是梦魇，也是奇迹。这里的水道像蓝海峡与绿沙洲合成的迷宫，现在，法师与亚刃借助咒语、徒手，加上无比的谨慎，才能在这些岩石与礁石间穿梭前进。这些岩石与礁石，有的低浅，有的高耸。低浅者，有的整个躺在拍击的海浪底下而看不见，有的露出一半，露出的部分覆盖银莲、藤壶、细长海蕨等，看起来仿佛海怪——带壳或变形扭曲的海怪。至于高耸者，就成为海上悬崖和险峰，有的全拱，有的半拱；有的像雕塔，有的像奇妙的动物形状：猪背、蛇头等，但不管像什么动物，一概是巨大的、变形的、散漫的，宛若有意识的生命在这些岩石中挣扎扭动。海浪拍打这些礁岩，发出如同呼吸般的声响，而且一块块被灿亮激烈的水花溅得湿透。靠南有一块这种岩石，很明显可以看出是一个人形，这个人隆背大头，颇为高贵，兀立在海上，垂头深思。可是，等船只行过，在北方从石头背面看去时，人形的所有特点又全部不见，而与别的岩石合并形成一个岩洞，岩洞内惊涛涌动，轰隆巨响宛如雷鸣，那声音听起来像是某个字词或某串音节。他们继续前进，咆哮的回响减弱了，但那串音节反倒清晰可辨，亚刃于是说：“那岩洞里是不是有声音？”

“大海的声音。”

“但好像在说什么话。”

雀鹰细听，看一眼亚刃，再回望那个岩洞：“你听起来像什么？”

“好像发着‘唵’的音。”

“在太古语里，‘唵’代表‘起始’或是‘很久以前’的意思。但我听起来却像‘吽’，那是表示‘结局’的一种方式——注意前面！”雀鹰戛然住口；亚刃也同时开口示警：“有沙洲！”

这时的“瞻远”就像身处险境的小猫，谨慎择路。好大一阵子，他们两人仍忙于操舵驾船。所以，那个永远轰隆响着某种字义的岩洞，就渐渐被抛在后头了。

这时，海水变深了，他们已经走出了变幻不定的岩群，前方巍然耸立一座巨塔般的岛屿。它的岩壁是黑色的，由无数圆柱或巨台挤压而成，边缘直，表面平，突出海面足足三百尺高。

“那是‘凯拉辛城楼’，”法师说，“很多年前我来这里时，那些龙群与我交谈时，告诉我这个名称。”

“凯拉辛是谁？”

“群龙之中，最高龄的——”

“这地方是他建造的吗？”

“我不知道。我不晓得这地方是不是经过一番建造才有的，我也不清楚他有多么年高。虽然我用人称的‘他’来称呼，但我实在不知道……在凯拉辛眼里，奥姆安霸像是刚满周岁的小毛头，你我则如蜉蝣。”

雀鹰仔细审视那些惊人的岩壁。亚刃则不安地仰头注视它们，想象着一只龙如何从那高远的黑色崖壁边缘下降，来到他们上方，影子几乎遮盖他们。但没有龙出现。他们缓缓通过岩石背面，由于这里吹不到海风，所以水面平静，也没什么声音，只听见阴影下的海水轻拂岩柱的呢喃。这里海水深，也没有暗礁或突岩，亚刃当家掌船，雀鹰站在船首，搜寻前方的峭岩与明亮的天空，希望见到凯拉辛。

船只终于经过“凯拉辛城楼”那片偌大阴影海域，进入傍晚的阳光中。他们穿越了龙居诸屿。这时候法师抬起头，表情像是终于见到目标一样——在前方大片的金色阳光中，鼓动金色翅翼翱翔而来的，是奥姆安霸。

亚刃听见雀鹰向他高声说：“阿若·凯拉辛？”他猜得出这句话的意思，但不懂那只龙回答了什么。不过，耳闻太古语时，他总是感觉他就在了解及近乎了解的邻界点上，仿佛那是他曾懂但现今忘记的一种语言，而不是他从来不会的一种语言。法师讲太古语时，比讲地海赫语时声音清晰多了，而且仿佛产生一种静默的氛围，有如轻触一口大钟。而那龙讲话的声音则像敲锣，深沉及尖锐兼具；或者说，像敲打铙钹时的磨擦声。

亚刃看着他同伴站在窄小的船首，与盘旋在他头顶、遮去半片天空的巨大生物交谈，他才理解到，人类是多么渺小，多么脆弱，却又多么可怕。思及此，他心中不由得兴起一种庆幸的自豪。因为那只龙只要伸出有巨爪的脚，轻轻一拨，就能把底下那人的头与肩撕裂；也能像石子击沉一片浮叶那样，把这条船击沉——如果“大小”是唯一关键。但雀鹰与奥姆安霸同样不好对付，那龙也明白。

法师回头叫他：“黎白南。”男孩虽不想靠近那两个长十五尺的上下颚，以及那双从空中向他虎视眈眈、瞳仁细长的黄绿色眼睛——连一步之远的距离都不想靠近，但他仍起身向前。

雀鹰没对他说什么，只伸一只手放在他肩头，继续对那条龙说了简短的一段话。

“黎白南，”巨龙宏大的声音说着，但不含半点热情，“阿格尼·黎白南！”

亚刃仰头，法师那只手下压，提醒了他，他才没去凝望那双黄绿色的眼睛。

亚刃虽然不会讲太古语，但不是哑巴。“奥姆安霸‘龙领主’，吾谨问候汝。”他口齿清晰地说，有如王子与另一位王子相见致意。

现场静默片刻，亚刃心跳急剧且呼吸困难。但站在他身边的雀鹰却微微笑着。

之后，那只龙又说了话，雀鹰回答了。这一次，亚刃觉得时间比较长。最后，话突然间就讲完了。只见那只龙一振翼，向上弹飞，差点没把船掀翻，就飞走了。亚刃看看太阳，发觉它没有更下沉些，可见时间倒没真的持续很长。不过，法师面色如土，他转身朝向亚刃时，双目却在发亮。他在划手座坐下。

“孩子，你表现得很好。”他哑着嗓子说，“与龙交谈，可真不容易。”

亚刃为两人备妥食物——他们已经一整天没有进食。法师一直到吃饱喝足，才又开口说话。那时，太阳刚落至海平面上。这里纬度虽已偏北，但因夏至刚过不久，所以黑夜还是来得缓慢而延迟。

“嗯，”他终于说，“奥姆安霸用他的方式，对我讲了不少事。他说，我们寻找的那个人，既在偕勒多岛，又不在偕勒多岛……要一只龙坦白说话可不容易。它们生性不坦白，就算其中有一只对某人讲真话，那人也无从知道那真话对人来说有多真实。当然它们实在很少对人讲真话。所以我才问他：‘是否如汝之先祖奥姆龙于偕勒多岛上之遭遇？’因为如你所知，当年奥姆龙与厄瑞亚拜都在那里战死。结果他回答：‘非也，亦是也。汝将于偕勒多岛寻得他，然亦非偕勒多岛。’”雀鹰停下来深思，口中嚼着面包的一片硬皮，“也许他的意思是说，那个人虽然不在偕勒多岛，但我还是必须去那里才能找到他，也许……我还向他问起别的龙，他说，这人曾经闯入它们中间，一点也不怕它们，因为他虽然被杀，又从死域复活，照旧活在他的身体里。因此那些龙都怕他，把他当成自然以外的一种造物。它们的惧怕反而使那人的巫力能够凌驾它们之上。他又把那些龙使用的‘创生语’取走，任它们受自己狂野的本性折磨。于是它们便开始互相吞食，或自取灭亡，投身入海——‘投身入海’是它们最不愿接受的死法，因为它们是‘火蛇类’，是属于风与火的禽兽。我接着又问：‘汝之龙头凯拉辛乎？’对于这问题，他只肯回答：‘在西方。’意思可能是凯拉辛飞到别的陆地去了。所谓别的陆地，龙族说，那是从来没有船只曾航行抵达的所在。但‘在西方’的意思也可能不是这样。所以我就不再多问。反倒他开始问我了，他先说的是：‘吾曾飞至开尔突岛后北返，途经托林峡。于开尔突上空见村民于祭台石上杀一婴。于印嘎特岛上空看一术士遭镇民掷石致死。彼等竟至吞食婴孩乎？格得，汝见若何？又，该术士将死而复生，反向镇民掷石欤？’我当时以为他在嘲弄我，差点怒言相对。但他不是在嘲弄，因为他又说：‘理性已逸出事物外，尘世破洞，大海由该洞流逝。光明亦渐消失，吾等将被弃置旱域，尔后言语不再，死亡亦不再。’听到了最后这节骨眼，我终于明白他要对我说什么。”

但亚刃不明白，不但不明白，还忧心忡忡。因为，刚才重述那条龙的话语时，雀鹰直呼了自己的“真名”，错不了。这一点，让亚刃愀然想起洛拔纳瑞那痛苦女人的嘶喊：“我的名字叫阿卡兰！”要是人类的巫艺、音乐、语言以及信任的力量，统统在减弱及萎谢；假如一种恐惧的狂病正向他们逼近，乃至于龙族被夺去理性，转而相互攻讦杀戮……如果当真是这样，他的大师能躲过一劫吗？他够强大吗？

雀鹰坐着，埋头吃着他的晚餐面包与熏鱼。他的头发被烤焦而变灰，双手细瘦，一脸倦容，看起来并不强大。

但那条龙怕他。

“孩子，什么事让你心烦？”

与法师相处，唯有讲真话才行得通。

“大师，您刚才说了自己的真名。”

“啊，是。我忘了我一直还没提起自己的真名呢。等我们去到我们必须去的地方，你会需要知道我的真名。”他嘴里嚼着食物，抬头看亚刃，“你是不是以为我年纪大了，所以不小心泄露了自己的真名，好比老糊涂，既没脑筋又出丑？我还没到那个地步咧，孩子！”

“不是的。”亚刃说道，但因为思绪太混乱，所以也说不出什么话。他累了，这一天过得颇为漫长，一直遇见龙，而且前头的路转暗了。

“亚刃——”法师说，“不对，黎白南，我们要去的那里，没有什么好隐瞒的，在那里，一切都保有真名。”

“亡者反正受不了伤害。”亚刃幽幽道。

“人们以己名相授的地方，不仅那里、不仅死域而已。还有那些最可能受伤害、最容易受伤害的人，好比付出爱但不求回报的人，他们互相直呼真名；又如忠贞之士、奉献生命者——你累坏了，孩子。躺下来睡个觉吧。现在除了继续在航道上前进以外，没别的事了。明天早晨，我们就会见到世间最后一座岛屿。”

他的声音蕴含着无限温柔。亚刃一蜷缩在船首，便差不多立刻睡着了。但他听见法师轻轻地、几乎耳语似的唱诵，唱的不是赫语，而是“创生语”。他终于快要理解、快要想起那些话语意思时，快要真的了解之前，就沉沉入睡了。

法师静静收妥面包和熏肉，检查一下船绳，将船内一切准备就绪，然后手持船帆的导向索，坐在船梁后面，念咒增强船帆的法术风。不倦不怠的“瞻远”朝北加速，像一支快箭飞越海洋。

他低头凝视亚刃。男孩的脸庞被久久未沉落的夕阳映成金红，凌乱的头发受海风吹拂。在宏轩馆喷泉旁那个外表柔和自在、有王者之貌的男孩不见了，眼前这男孩的脸庞清瘦些、硬实些，而且强劲多了；可是俊美却不减。

“我一直没找着能够同行的人，”大法师格得大声对沉睡中的男孩，或者对空虚的海风说道，“除汝而外，即无他人。而汝必行汝之道，非吾之路。唯汝日后之王权英明，部分亦为吾之英明。因吾率先发现汝，吾率先发现汝！他日——倘有他日——世人将缘于此而称颂吾，超乎吾在世之法师作为——首先，汝与吾二人务必立于均衡点——亦即世间之支点。倘吾跌落，汝亦跌落，且扩及余者尽皆跌落。即在彼地，亦有星辰……噢，吾盼亲睹汝加冕于黑弗诺，吾盼亲睹阳光照射‘古剑之塔’，照射恬娜与吾两人合力自峨团幽黑陵墓为汝携返之环。吾等当年携返时，汝尚未出世也！”

他说完，笑了起来，转身面朝北方，改用普通话对自己说：“放羊的小毛头竟然僭越，将莫瑞德的传人拥上王位！我是不是永远学不乖？”

不久，他手持导向索，望着饱胀的满帆被最后一抹斜阳映红，他又轻轻地自说自话起来：“我不会去黑弗诺，也不会去柔克岛。该是放开力量的时候了，抛下这老玩具，继续下一步。是回家的时候了，我要去看恬娜，我要去看欧吉安，要在他过世前，与他在锐亚白镇悬崖上的家里闲话家常。我渴望到山间散步，弓忒岛的山峰、森林、秋天，树叶璀璨，没有一个王国比得上那些森林。是返回那里的时候了，悄悄地独自回去。或许我在那里终能学会一些我至今未学会，也是行动与力量不能教我的东西。”

整片西天，红光耀目，壮丽至极。海洋变成暗红，海上的船帆红艳如鲜血。而后，黑夜悄然掩至。那一整夜，男孩沉睡，男人清醒，直目凝望前方黑暗。那里没有星星。

第十一章

偕勒多岛

SELIDOR

早晨，亚刃一醒，就看见暗沉低矮的偕勒多海岸横在船的前方，背后是蓝色的西边天际。

贝里拉宫内存放不少王权时代绘制的古老地图。地图绘制时期，常有商贾和探险者由内环诸岛驾船远航，所以当时的人对于陲区的认识比后人清楚。在王宫正殿内，有一幅北方与西方并呈的大地图，以镶嵌工艺制作在两面墙上，英拉德岛的位置刚好在王座上方，以金色及灰色呈现。亚刃幼年时，亲眼浏览那幅地图不下千百遍，所以到现在仍默记于心。英拉德岛北方是欧司可岛，西边是依波司可岛，依波司可岛的南边是偕梅岛、帕恩岛，至此是内环诸岛之界。再过去是一无所有的辽阔大海，只镶嵌一片淡淡的蓝绿色，并零星安放一些很小的海豚或鲸鱼。最后，在殿内那面北墙与西墙交会的角落，可以找到纳维墩岛，纳维墩岛再过去有三座比较小的岛屿。接下去又是空无陆地的区域，一直延伸到墙缘，即地图边缘，才可以找到偕勒多岛。偕勒多岛再过去，就什么也没了。

他可以清晰地忆起地图上的偕勒多岛呈弯曲形状，弯曲形状的中心构成一个大海湾，窄小的开口朝东。他们英拉德人从未航行到那么远。但现在，他们正驾船朝向偕勒多岛最南端的一处小深湾。太阳仍在晨雾中低悬时，他们抵达了。

由巴乐纯碇泽出发，以这个西方岛屿为终点的远航，结束了。

他们停妥“瞻远”，踏上久违的坚实土地。四周的寂静让他们觉得古怪。

格得爬上一座矮丘，这座矮丘覆盖青草，丘顶斜突于陡坡之上，强韧的草根沿着壁缘缠结如飞檐。他爬到丘顶后，站在那里瞭望西边和北边。

亚刃站在船边，把好几天没穿的鞋子穿好，再从轮机箱内拿出他的短剑，佩挂好。这回，他内心一点“该带，还是不该带”的疑问也没有。接着，他也爬上矮丘，站在格得身旁，一同看望这片陆地。

这一带的沙丘都不高，都长草，伸入内陆约半里。沙丘再过去是潟湖，密密长了蓑草与咸芦苇。潟湖再过去是不高的群山，放眼望去只是一片黄棕色。这偕勒多岛美丽但荒凉，找不到一处

厚坚
列夫
博茨
乌扎次
罗格密
欧司可山脉
欧司克海峡
梭瑞司克
欧司可
欧司可海
挪斯特
碎石礁
英拉德
依波司可
突普
拉英
德群岛
道恩
伊亚海
偕梅
西勒
德黑门
纳维墩
安丹登山
彼西
伊彼西
黑弗诺
帕恩
偕勒多
欧农
偕勒多之门
革梅
贝茨
帕恩海
法力恩山脉
欧恩
乌里
娄叟
龙居诸屿
乌西翟洛
黎斯克
艾伯恩
耶逖
斜辟墟
欧莫
印嘎特
托林峡
昂图哥
托宁
下托宁
厚斯克
阿尔克
伊里安
蟠多
奈墟
内极海
西陲
开尔突
九十屿
卓干
柔克
阿林思
偶港
柯梅瑞
吉斯
绥尔镇
安丝摩
邻开尔突
瑟得
法尔突
帕迪
阿巴
西姆利
瓦梭
肖尔
节西济
弥
赛特
沙岛
洛拔纳瑞
欧贝候
路得

人迹、耕地或居所。连禽兽也见不到半只，充塞湖面的芦苇之上，完全没有海鸥、野雁或任何鸟类。他们由朝内陆的那一侧爬下沙丘。

沙丘这一侧的斜坡，阻挡了浪花拍击与海风吹袭的吵声，四周变得宁静起来。这座沙丘的最外围与相邻一座沙丘之间有座小谷，那里的沙子很干净，而且温热的太阳正照在它的西坡上，所以谷底阴凉。“黎白南，”法师现在开始用真名叫他了，“昨夜里我一直没法睡，现在必须睡一下，你陪我在这里，帮忙看守。”他在白日天光中躺下，不过谷荫清凉。他用手臂遮眼，舒口气，就睡了。亚刃坐在他旁边。这里，双目所见只有白色的谷地斜坡，丘顶青草斜伸，背衬着蒙蒙的蓝天与黄色的太阳。双耳所闻，只有闷闷的浪花声和阵风吹起沙尘的呢喃声。

亚刃看见一只可能是老鹰的飞禽在高空翱翔，结果发觉那不是老鹰。它盘旋着俯飞而下，随着开展的金色翅膀，传来如雷的嗖嗖声。它伸出那双巨大的脚爪，降落在沙丘顶。太阳在它后方，所以它的大脸看起来是黑的，但带着火红闪光。

那条龙由丘顶往下爬行几步，然后说：“阿格尼·黎白南。”

站在那条龙与格得之间的亚刃响应道：“奥姆安霸。”那把出鞘的短剑握在手上。

他现在不觉得那把剑沉重了，光滑老旧的剑柄握在手中，感觉自在。刀锋出鞘时，轻盈迫切；它的力量，它的岁月，都支持着他——因为他现在知道如何发挥它了。这是他的剑。

那条龙再度说话，亚刃听不懂，他回望沉睡中的同伴，短暂的嘈杂和轰隆声响一点也没把他惊醒。亚刃便对那条龙说："我的大师累了，他在睡觉。"

听了这话，奥姆安霸爬下沙丘，笨重地蜷曲在谷底。他在地上不像在空中飞翔时那么灵活柔软自在，不过他放下那双有爪的脚和弯曲的尖尾巴时，流露出一种邪怪的优雅。下到谷底后，他把两脚收拢在身躯底下，抬起巨头，安静不动，真像雕刻在武士头盔上的一条龙。相距不到十尺，亚刃注意到那双黄眼睛，也觉察到四周有股淡淡的焦臭味——这次不是腐臭味，而是焦干的金属味，这气味与海水及咸沙的气味混合，融成一种清净、鲜奇的气味。

太阳高升，照射奥姆安霸的侧腹，使他像铁金合铸的金属龙那样闪闪发光。

格得依旧放松沉睡，一点也没理会在场的龙，好像农夫与自己的猎犬相处般全然不在意。

一小时过去，亚刃惊讶地发现，法师早已在他旁边坐着。

"你对龙已经那么习惯了吗？居然能在他们的脚爪中间睡着？"格得说完，笑了起来，打了个哈欠，然后站起来用龙语向奥姆安霸说话。

奥姆安霸回答前，也先打了个哈欠——也许是同样困了，也许是表示势均力敌。不过，巨龙打哈欠，世所罕见：黄白色的两排大牙齿，剑般尖长；分叉的红色劲舌，是人类身高的两倍；喉咙像冒烟的巨穴。

奥姆安霸说完话，格得正要回答时，两人同时转头看向亚刃。在四周的静默中，他们都清楚听见钢剑碰着剑鞘的哐当细响。他们看见亚刃正抬头远望法师头部后方的沙丘口，手中握着出鞘的短剑。

沙丘口站着一个男人，阳光朗照着他，微风轻拂他的衣裳，他如同雕像般静立，唯有轻便的斗篷衣边和帽兜微微飘动。他的头发长黑鬈曲，方肩魁梧，是个健硕俊雅的男人。他微笑，目光好像越过他们头上，望向大海。

“奥姆安霸我认识，”那人说，“你，我也认识，不过，自从那次见你至今，你老了不少，雀鹰。他们告诉我，你现在是大法师了。看来，你不但变老，也变重要了。而且有个少年仆从跟随，不用说，八成是巫师学徒，在那个智者之岛学习智慧。两位远离柔克学院，告别那些刀枪不入、保护所有师父免受伤害的高墙，千里迢迢至此，是何缘故？”

“因为，比那些高墙更重要的墙，有了破洞。”格得说着，两手紧握巫杖，仰头注视那个男人，“不过，你竟然不现身与我们一会儿，好让我们向我们寻觅已久的人致意吗？”

“现身？”那人说着，又微笑起来，“难道堂堂两法师之间，竟需借那区区血肉之躯、借那禽兽筋肉，才可靠？不，让我们以心相会吧，大法师。”

“我想，我们无法以心相会。孩子，把剑收起来。它只是‘信使’、一个‘显像’而已，不是真人，对它用剑，无异举刀砍风。在黑弗诺时，你的头发是白的，人家叫你喀布，但那只是通名。我们与你相会时，该如何相称？”

“你们要称我‘王爷’。”沙丘边上那个高大形影说。

“噢，还有呢？”

“王尊。”

奥姆安霸听了，发出可怕的巨响以表不满，两只大眼炯炯发光。不过他别开头去，不看那人，并就地匍匐，宛如无法动弹。

“我们该到何处与你相会，又是何时？”

“在我的疆域会面，至于时候嘛——随我高兴。”

“很好。”格得说着，举起巫杖向那人伸过去些——那人立刻像烛火被捻熄般消逝。

亚刃呆望。龙劲健起身，用四只盘曲的脚站立；一身盔甲哐当作响，大嘴龇张，露出最里端的利牙。

法师仍倚着巫杖。“它只是信使，是那人的显像或形象，它能说能听，但没有力量，所以省了我们白费力气对付它。其实，连这形似之像也不真——除非送信者希望它是真的。所以我猜，我们还没见到他现在的实际相貌。”

“你想，他就在附近吗？”

“‘信使’不能越水，所以，他应该在偕勒多岛没错，但偕勒多是个大岛，比柔克岛或弓忒岛都宽，而且差不多和英拉德岛一样长。找他要很久。”

接着是龙说话。格得听完，转向亚刃：“这位‘偕勒多领主’是说：‘吾既归吾土，即不拟离开。必寻得此‘尽毁者’，领汝去彼处。吾汝合作，或可灭他。’我不是说过吗，龙要找什么，就一定能找到？”

一讲完，格得在那巨兽面前单膝下跪，与为臣者向国王下跪一样，还用龙言向巨龙道谢。由于距离非常近，低眉颔首的格得，可以感觉到那只龙灼热的鼻息。

奥姆安霸重新拖着披鳞戴甲的沉重巨体爬上沙丘，然后鼓翅展翼，腾飞而去。

格得将衣服上的沙子拍掉，对亚刃说：“你刚才已见到我下跪，说不定终结前会看到我第二次下跪。”

亚刃没有追问这话的含义。根据为时不短的这段相处，他已认识到，法师说话含蓄，自有理由。不过这一回，他仿佛觉得这句话另有不祥之兆。

他们翻越沙丘重返海滩，检查他们的船只停泊位置是否不受潮水或暴风雨侵袭，顺便取出过夜用的盖毯与剩余食物。格得在细狭的船首略停一停，那个位置承载他横越各陌生海域，历时何其长久，历程何其辽阔。他伸手置于船首，但没有施法或持咒。然后他们反身朝内陆，再度向北边山峰前进。

他们走了一整天，晚上在一条溪边露宿。那条溪河蜿蜒流向挤满芦苇的潟湖和沼泽。虽然时令是仲夏，但晚风微寒，凉风由西边开阔海那汪洋一片的辽阔陲区吹来。天空笼罩着一层雾气，山峰之上看不见星光闪烁，而这里的山峰想必也不曾有窗户透出火光，或有炉火辉耀过。

亚刃在黑暗中醒来，他们的小火堆已熄，正西沉的月亮洒下银灰色光芒照耀大地。溪谷与周围山峰上，站了好大一群人。他们静立不动，脸孔朝向格得与亚刃，眼里未映照月光。

亚刃不敢说话，伸手去碰格得的手臂。法师被摇醒，坐起来问："什么事？"他顺着亚刃的注视望去，也看见那群静默人众。

那群人不论男女，都穿暗色衣服。月光朦胧，无法看清他们的脸，但亚刃依稀觉得那些站得最靠近，也就是小溪对岸那群人，有些他认识，只是说不出他们的名字罢了。

格得站起来，毯子落地。他的面孔、头发、上衣都发出淡银色光芒，宛如月光集中在他身上。他大幅伸出一只手臂，高声说：“噢，你们这些曾经活过的，自由了！我已解除牵系你们的束缚：安瓦萨·马讷·哈吾·弁挪达瑟！”

那些沉默不语的人群又静立片刻，便慢慢转身离开，好像一个个走入灰暗就凭空消失了。

格得坐下，深舒一口气，望着亚刃，一只手放在男孩肩膀上，他的碰触温暖稳实。“黎白南，别害怕，”他既和蔼又讥嘲地说，“他们只是亡魂。”

亚刃点头，只不过牙齿咯咯哆嗦，并感觉冷得透骨。“他们怎么会——”他试着说话，但下巴和嘴唇不听使唤。

格得明白他的意思：“他们是受他召唤才出现。这就是他的允诺：永生。只要他一句话，他们就可以返回；只要他一下令，他们就必须在这些‘生命之丘’上行走，但却连一片叶子也无法干扰。”

“那么——那么，他也死了？”

格得若有所思地摇头：“亡魂没有能力召唤亡魂重返人间。不，他拥有超越活人的力量……但谁要是想追随他，他就会欺瞒那些追随者。他保持力量为自己使用；他扮演‘亡魂之王’的角色……但其实操控的不只是亡魂……不过，他们仅是影子。”

"我不知道自己为什么怕他们。"亚刃惭愧道。

"你怕他们，是因为你怕死，这很正常。因为死亡是恐怖的，非怕不可。"法师说着，往火堆里添加了几块木头，并扇扇木灰底下较小的木头。这些捡来的柴枝烧旺起来，火光也转亮，这光亮让亚刃感激。"然而，生命也是可怕的东西，"格得说，"必须叫人害怕，也让人赞美。"

两人都缩缩身子并拉紧盖毯，沉默一会儿。格得又很严肃地说："黎白南，我不晓得他会利用信使及影子在这里捉弄我们多久。但你知道他最终会去哪儿，对吧？"

"进入黑暗之域。"

"对，去到他们之中。"

"我既然见过他们了。我会跟您去。"

"是你对我的信心在驱使你吗？你或许可以相信我的爱，但不要相信我的力气。因为我猜想，这一回……我是棋逢敌手了。"

"我一定跟您去。"

"不过，万一我被打败，假如我用尽力量或性命，就没办法带你回来了。而你不可能单独回来。"

"我会与您一同回来。"

格得听了，说："你从死亡的鬼门关进入成年。"说完，他用那龙曾经对亚刃说过两次的字眼——或名字——很低缓地照样说："阿格尼——阿格尼·黎白南。"

之后，两人都没再说话。不久，睡意袭来，两人便在将要燃尽的小火堆旁躺下。

次晨，两人继续向西北前行。那是亚刃的决定，不是格得的决定，因为格得说："孩子，让你来选择我们要走的路吧，因为对我而言，不管哪条路都一样。"他们没有目标，所要做的只是等待奥姆安霸的消息，所以不必赶路，只沿群峰最外围、最矮的山丘行走，多数时候都还能望见大海。这山间的野草由于经年被海风吹袭，显得干枯低矮。较高的山峰在他们右侧巍然耸立，孤寂但有金色阳光照射；左侧是盐泽与西岸大海。他们有一回见到很远的南边有天鹅在飞，除此之外，一整天没看到其他会呼吸的生物。内心的畏惧与等着最坏情况出现的心绪，使亚刃一整天都感到厌乏，不由得开始不耐，生闷气。数小时的沉默不语后，他说："这块陆地简直是死亡之域！"

"别这么说。"法师厉声道。他大步走了一会儿，才改变声调说："看看这块地方，看看四周，它是你的王国，是生命的王国，也是永存不朽的。瞧瞧这些山峰，这些凡间的山峰，它们不是永恒存在的。这些山峰长了活生生的草，而且溪河潺流其间……在这整个世界，在这整个宇宙，在这辽远亘古的时间中，绝对找不到其他任何东西像这一条条小溪，由肉眼看不见的地底涌出，流经阳光照耀的所在，也流经黑暗地域，最后进入大海。‘存在’的泉源十分深奥，比生命、比死亡都深……”

他停住了，注视亚刃、注视阳光和山峰的那双眼睛，有着无以言喻、博大悲抑的爱。亚刃看见那份爱，也看见那份“爱”在看他——头一回，亚刃完整地看见他的原样。

“我表达不出我的意思。”格得不开心地说。

可是，这让亚刃想起涌泉庭初次相见那时，想起那个跪坐在喷泉流水边的男人。霎时，一股如记忆中的流泉那般清澈的喜悦，在他内心泉涌满溢。所以他注视着同伴，说：“我的爱交付给值得爱的人和事物，这岂非您所说的王国，这岂非那不歇的泉源？”

“是的，孩子。”格得温和但痛苦地应道。

他们默默地继续走。但现在亚刃看待世界，是以他同伴的眼睛在看，结果发觉这片孤寂荒凉的土地到处呈现出活泼的璀璨光辉，有如被一种凌驾一切的魔力所笼罩。璀璨的光辉遍及被海风吹偃的每棵野草、每个阴影、每颗小石。这林林总总有如人在投入一趟一去不返的旅程之前，最后一次站在钟爱疼惜的地方时，所见到的景物，完整、真实、亲爱，好像以前从未见过，以后也不会再见。

傍晚降临时，西边天空云层密集，并由海上刮来强风，将要下沉的太阳加倍澄红炽热。亚刃在溪谷收集升火用的柴枝，由泛红的光中抬头时，看见不到十尺远的地方站着一人，那人面孔模糊怪异，但亚刃认得他——是洛拔纳瑞的丝染师傅萨普利，他已经死了。

他后面还站着别人，个个表情悲凄，凝目呆视。他们好像在说话，但亚刃听不出他们说什么，只听见一种类似耳语的声音，被西风吹散。有人还徐徐向他走来。

亚刃站定注视他们，然后看看萨普利，之后就转身弯腰继续捡柴——但两手都发抖。他把捡起的柴枝放好，再捡一枝，再捡另一枝，然后他直起腰杆，回头一看，溪谷中没有半个人，只见红光猛照在野草上。他回到格得那里，放下柴枝，刚才所见的那一幕，他提也没提。

那整夜，在这片雾茫茫但没有半个活人的阴森土地上，亚刃时睡时醒，听见四周有亡灵轻声细语。他稳住意志，不去细听，也就又睡着了。

他与格得都很晚才醒。醒时，太阳已露出山顶一手之宽，终于突破了浓雾重围，照亮大地。他们正在吃简单早餐时，龙来了，在他们头顶上方飞旋。火焰由他双颚间喷吐而出，红鼻孔则喷出烟气与火花，刺眼的晨光中，他的牙齿有如象牙色刀片，微微发光。可是，虽然格得向他欢呼致敬，并用他的语言高喊："奥姆安霸，汝已寻着彼乎？"他却没说半句话。

龙甩甩头，并怪异地扭动身子，剃刀似的巨爪掠过晨风，然后开始快速地向西飞去，边飞边回头瞻顾。

格得手执巫杖击地。"他没办法说话了，"他说，"他没办法说话了！他所用的'创生语'已经被取走，沦落到像只猪鼻蛇、像条无舌虫。他的智慧鲁钝了。幸好他还能带路，而我们还可以跟随！"

他们把轻简的行囊甩上背，按照奥姆安霸飞行的去向，大步朝西翻越群峰。

两人走了大约八里路或更长些。从一开始就疾步前进，毫不松懈减慢。这时，两边都是大海，所行是狭长峰脊的下坡路，尾端穿过干芦苇和弯曲的河床，通向一处向外突的象牙色沙滩。这里是尽头，所有岛屿最西边的岬角。

奥姆安霸伏在那片象牙色沙滩上，巨头低垂，宛若一只愤懑的猫，吐出的气息都是阵阵火焰。他前面不远处——他与海洋低平的长浪之间——有个宛如小屋或棚子的白色东西，很像经年漂洗的浮木搭建而成。可是在这片不与任何陆地为邻的海岸，根本不见半根浮木。他们稍微靠近之后，亚刃才看出来，那几面摇摇欲坠的围墙由巨骨搭成。他起初以为是鲸鱼骨，后来看见那些角边如刀的白色三角形，才知道那是龙骨。

他们走到那地方。海上阳光穿透骨间缝隙，小屋的门楣是根比人身还长的巨龙大腿骨，门楣上方安置一个骷髅，空洞的眼窝瞪着偕勒多群峰。

他们在屋前止步，正仰望那骷髅时，门楣下方的门口走出一个男人。他一身盔甲，是金铜色的古代样式，宛如被小斧头砍过似的破裂了，镶珠宝的剑鞘是空的。他面貌严肃，黑眉曲弯，鼻梁狭窄，眼睛深黑，眼神锐利但悲伤。他的双臂、喉咙和身侧都有伤，虽已不流血，但都是致命伤。他挺直不动，站在那里注视他们。

格得上前一步，与那人面对面。两人长得倒有点相似。

“汝为厄瑞亚拜。”格得说。

对方呆望格得，点头，但没说话。

“竟连汝……竟连汝亦得屈受其驱策。”格得的声音难掩愤慨，“噢，吾辈大师——吾辈中最为骁勇、最为超卓者，请于尊荣及死亡中安息！”格得双手高举，一边说着他曾对那些亡灵说过的话，然后把手放下。就在刚刚举手的那处空中，有道宽宽的光痕停伫片刻。等那光痕消失，穿盔甲的男人也不见了，他站立的地方仅余阳光在沙地上闪耀。

格得用巫杖碰触这间龙骨屋，它转瞬崩塌并消逝不见，只剩一根大肋骨突出在沙地上。

他转向奥姆安霸："奥姆安霸，是这里吗？这就是那地方吗？"

那只龙张开嘴，发出一声巨嘶。

"好得很！在这片世界最边缘的海岸！"说完，格得把黑色的紫杉巫杖握在左手，展开双臂，摆出施法姿势，并张口说话。虽然他说的是"创生语"，但亚刃总算听懂了——正如所有耳闻这法术的人必定会懂一样，因为它是超越一切力量的法术："此时此地，我召唤你——我的敌人——以肉身之躯现我眼前。我且用那'不到时间尽头，不会有人说出口'的字捆绑你。出来！"

可是，这个法术中，应该讲出对象名字的地方，格得只说："我的敌人。"

随之是一片静默——好像连海涛声也消失了。太阳仍高挂晴空，但亚刃觉得阳光仿佛也变暗了。海滩上空一片幽暗，宛如一个人透过重重的玻璃看过去。格得的正对面变得非常暗，很难看清那里出现什么东西。又好像根本没有东西：是一种无形，完全没有东西可让光线栖止。

突然，从中冒出一个男人，与他们先前在沙丘顶部见到的那个人影一样，黑发长臂，高大矫健。可是这一回他手中握着一根长长的东西，大概是棒子或钢条，由上至下刻满符文，他将它刺向面前的格得。不过这回，他的眼神有些奇怪，像是被太阳眩花了，眼睛看不见东西。

“我来了，”他说，“按照我自己的选择，以我自己的方式。你是召唤不了我的，大法师。我不是影子，我活着，唯有我是活的！你以为你是活的，其实你已垂死，垂死。你知道我拿的这是什么吗？它是‘灰法师’的巫杖，曾使倪芮格不能言语。灰法师是传授我巫艺的大师，可是现在我就是大师，我有很多游戏可以跟你玩。”说着，他突然伸出那根钢条碰触格得。格得竟不能动弹似的呆立，也无法说话。亚刃站在稍后之处，很想移动，也是不能移动，甚至无法伸手拔剑，他的声音也卡在喉咙里。

那条巨龙却奋力一跃，从格得与亚刃的头顶上方，翻转巨大身躯，猛地由上而下朝那人全力俯冲，以至于那根满布咒语的钢条整个刺进巨龙甲腹，而那人也因巨龙的体重而倒地、压扁、烧焦。

奥姆安霸自沙地爬起来，扭着背，鼓着翼，吐出几口火焰，号叫出声。他想飞，但飞不起来。金属钢条冰冷且致命地插在他的心脏上，他蹲伏着，嘴巴流出黑色滚烫的有毒鲜血，火焰已熄灭的鼻孔变得宛如灰烬之窟。他的巨头横陈沙上。

就这样，奥姆安霸在他先祖奥姆龙过世的地方去世，在奥姆龙埋骨处谢世。

他将敌人击倒之处，躺着某种丑陋萎缩的东西，很像一只巨蜘蛛在自己的网上干枯的躯壳。它已被巨龙的气息烧焦，被巨龙的爪足压扁。可是，亚刃看着时，它仍在扭动，而后一点点爬着离开那只龙。

它抬起脸孔来看他们。那张脸原有的俊雅已荡然无存，只余残败萎顿，比年老的丑相更为丑陋不堪。嘴巴干瘪，眼窝空洞——而且空洞已久。这会儿，格得与亚刃终于目睹他们敌人的真实面孔。

那张脸转开去，烧得焦黑的双臂伸展，招来一片阴暗聚集其间——那无形黑暗与刚才使太阳变暗的无形黑暗相同。这位“尽毁者”的两臂间就如一道拱廊或一道门，不过这门没有轮廓而且模糊黑暗。贯穿这道门的不是淡色沙土或海洋，而是一道长斜坡，往下伸入黑域。

那个被压扁的形影就往那里头爬去，它一进入黑暗，就像突然站起来一样，急速抖动一下之后就不见了。

“来吧，黎白南。”格得说着，右手放在男孩臂上，两人一同向前，步入干枯的旱域。

第十二章

旱域

THE DRY LAND

在阴沉的昏暗中，法师手中那支紫杉巫杖散放银灰色光芒。另外一抹微光的移动也吸引亚刃注目，那是他自己手上所执的出鞘短剑，刀身微光忽隐忽现。在偕勒多岛海滩上，那条巨龙用义举和死亡破解捆缚术时，他就握着自己的剑。此时此地，虽然他不过是个影子，却是活影子，而且有那把短剑的影子随行。

此处一片漆黑，很像十一月末乌云密布之下的向晚时分，空气阴冷窒闷，虽然还可以看得见，但看不清，也看不远。亚刃认得这地方，这地方就是他梦中出现的不毛荒野。可是现在，他好像比每一次梦中所在的位置都到得远——远多了。他无法明辨任何东西，只知道他与同伴站在一座山峰的斜坡上，他们前面是道低矮不及膝的石墙。

格得右手仍放在亚刃臂上，他向前走，亚刃陪着，两人一同跨越那道石墙。

长长的斜坡在他们面前消失，陷入黑域。

亚刃以为头顶上方会是沉重压顶的云层，没想到居然星斗满天！他凝望那些星星，觉得心脏好像缩小了，内里发冷。因为那些星星与他生平所见的星星不同。它们毫不闪烁，动也不动地放光。它们是不升不落的星辰，从不曾被任何云朵遮盖，也从不曾被日升隐去光芒。它们就这样在这个旱域绽放死寂微渺的幽光。

格得步上“存在之丘”的外侧，开始下坡。亚刃亦步亦趋，他心里实在怕得要命，但强烈的决心和意向不但使那股恐惧无法掌控他，甚至让他没有很清楚地觉察到那份恐惧。恐惧于是深埋心底，有如被锁铐且禁锢在房内的动物那般悲切。

这段下坡路好像走了很久，但也可能很短，因为在此处，时间不走，丝风不吹，星辰不移。他们就这样走进了其中一座城市的街道，亚刃见到了从不点灯的房舍窗子，有些房子的门口站着面容肃静、两手空无的亡者。

好几处市场也都是空的，完全没有买卖、没有进出。大家不使用东西，也不制造东西。格得与亚刃单独穿越这些街道，偶尔看见另外一条街道的转角有人影，但受限于距离和阴暗，看不太清楚。但第一次见到时，亚刃举起短剑比指，但格得摇头继续走。亚刃再仔细一看，发现那人影是个女人，见到他们，也不逃走，依旧缓步慢行。

他们见到的所有人，或静静站着，或漫步徐行，感觉并不熙攘，因为亡者虽众，这里却也地域广大。只是不见有人带伤，不像那个被召唤到过世之处、在白日天光下出现的厄瑞亚拜。也都看不出他们身上有什么疾患，每一位都完整、都健康——他们的痛苦都被治愈，连对死亡的怨恨也消解了。亚刃原以为他们会个个面容狰狞，使人畏惧惊骇，实则不然。他们都慈容和颜，一丝愤怒和欲望也无；一双双眼睛空空洞洞，一点希望也没有。

亚刃内心的惧怕消失了，取代的是深厚的悲悯。假如那层悲悯之下仍有惧怕，也不是为他自己，而是为所有人。因为他见到一同去世的母子，联袂来到这黑域，但那孩子并不跑跳，也不喊叫，母亲不抱孩子，甚至也不看他。至于那些为爱而死的情侣，在街上也仅是擦肩而过。

陶匠的轱辘没在转动，纺织机空空如也，炉灶无柴无火，整座城市无人歌唱。

阴暗房舍夹峙的阴暗街道，一直延续。他们走过一条又一条暗街，自己的脚步声是他们所听见的唯一声响。街上冷，亚刃一开始没注意，但它悄悄钻进他的心灵，也钻进他的筋肉。他很疲乏，心里想他们一定已经走了不少路了，为什么还这样一直走个不停？想着想着，步伐渐渐有点慢下来。

格得突然停步，转头看那个站在两街交叉口的人。那人瘦瘦高高，亚刃觉得见过那面孔，但想不起是在哪里。格得张口对他说话——那是他们跨越那道石墙以来，打破沉默的唯一声音："啊，索理安吾友，怎么你也在这里！"

说着，他向这位柔克学院的召唤师父伸手。

索理安完全没有响应，依旧静立不动，面容也依旧肃静。可是，格得的巫杖发出的银光深深射入他那双空洞的眼睛，总算让那眼里有了一点光亮——或者说是眼睛与光亮相迎。格得拉起对方没有响应的手，又说："索理安，你在这里做什么？你还不是这王国的一员，回去！"

"我是跟随那位'不死者'来的，我迷路了。"召唤师父的声音轻柔单调，像梦中呓语。

"上坡，走回石墙去。"格得边说，边指着他与亚刃走来的漫长下坡路。

听了这话，索理安脸上一阵抽搐，宛如获得一点点希望，但那希望像利剑刺进心中，难以消受。

"我找不到路，"他说，"大师，我找不到路。"

"说不定你会找到。"格得说着，拥抱他一下，又继续前行。后头的索理安，依旧站在十字路口没动。

继续向前走时，亚刃似乎觉得在这片没有时间的幽暗中，事实上没有所谓的前进或后退，也没有向西或向东。要是没路好走，可有路好出去？他回想他们是怎么走下山坡的，一路行来，不管怎么转弯，始终一直下坡，也始终在这黑暗城市的下坡街道中。所以，倘若要转回那道石墙，只要往上爬就是了，爬到山丘顶端，就会找到。但他们没有回转，而是肩并肩继续向前。到底是他跟着格得走，还是他领着格得走？

两人走出城市。亡者无数的这个乡间，不落的星辰底下，石砾满地，光秃秃的，没有树，没有荆棘，没有草叶。

这儿也没有地平线——因为在阴暗中，肉眼无法看到远处。但在他们的前方，从地面开始向上很大的一片空间，却不见刚才那些不动的小星星。而这片没有星星的空间呈锯齿状倾斜，看起来像一列山脉横亘着。他们继续向前，锯齿形状变得清楚了：是高耸的山巅没错，不曾经过风吹雨打的山巅。山头没有笼罩白雪，也没有辉映星光，都是黑色的。亚刃看着这山巅，一阵落寞凄凉袭上心头，他认得这些山，他别过头不去看它们，之后却又忍不住回头注视。亚刃每看一眼山巅，都感到胸口有股冰冷的重压，精神几近崩溃。不过，他仍继续走，还是一直下坡，因为这个地带全部朝山脚倾斜。最后他问："大师，这些是……"他手指群山，却因喉干而说不下去。

"这些山脉临接光明世界，"格得回答，"跟那道石墙是一样的。它们没别的名字，就叫‘苦楚’。有条路可以穿过山脉，但亡者禁止攀爬。山路不长，可是很难走。”

“我口渴。”亚刃说。想不到他同伴答：“他们这里，口渴都喝沙子。”

两人继续走。

亚刃似乎觉得，他同伴的步伐不知何故慢了下来，偶尔甚至有点犹豫。而他自己，尽管疲惫感不断扩大，倒是一点犹豫也没有。他知道他们必须往下走，必须继续走。

所以他们一直走。

有几次，他们穿过别的亡者城镇，那里的屋顶都有角，抵着永远不动的星星。走过那些城镇之后，又是不毛之地，寸草不生。有一回，他们一出城镇，城镇就立刻消失在暗中，什么也看不见了，能看到的只有前方高耸的山脉在渐渐靠近。他们右手边，那道变幻不定的山脉和先前一样向下倾斜。从跨越那道石墙算起，不知有多久了。

“从那个方向过去，有什么东西？”亚刃渴望听见有人说话，便小声问格得。但法师摇头说：“我不知道。可能是一条没有尽头的路。”

他们所走的方向，斜坡好像愈来愈平缓，但脚底下的地面，沙砾尖锐，像熔岩渣。他们依旧继续走，亚刃这时虽然已经累透，却再也不想掉头向回了。为了点亮沉寂的黑暗，也为了减轻内心的疲乏与恐惧，他有一次特别回想了一下自己的家乡。可是他竟然记不起阳光是什么样子，也想不起母亲的容貌。除了继续走，别无他途。所以他就这样继续走。

他觉察到脚下的地面平坦了，一旁的格得犹疑一下，于是他也停步。漫长的下坡已终止，尽头已临，前头无路，不须再走了。

他们正置身“苦楚山脉”山脚下的谷地。脚底踩的是岩石，四周是摸起来粗糙如熔岩渣的巨砾，这狭谷似乎是干涸的河床，曾有溪河流经此地；也像是因年代久远而冷却的熔岩河道，熔岩来自火山，而火山高耸着无情的黑色山巅。

亚刃在这个黑暗中的狭谷里静立不动，格得也在他身边静立不动。两人很像那些漫无目的的亡者，默默不语凝望空茫。亚刃略微畏惧地想：“我们走得太远了。”但他并不很害怕。

好像无所谓。

格得把亚刃的想法讲出来：“我们走得太远了，回不了头。”他的声音虽然不大，但这巨大阴暗的空旷仍旧使它在四周回荡。回荡声让亚刃的精神略微一振。

他们来这里，不是希望与所寻找的那个人一会吗？

黑暗中有个声音说：“你们走得可太远了。”

亚刃回答道：“唯有太远才够远。”

"你们已经走到'旱溪'这里，"那个声音说，"没办法回石墙，没办法重返生界了。"

"虽然不走那条路，但我们总会知道你走哪条路。"格得在黑暗中这么说。虽然亚刃与他并肩而立，却几乎看不见他，因为高山遮去半数星光，而这条旱溪的河道宛如"黑暗"本身。

对方没有回答。

"在这里相会，我们倒是平手。喀布，如果你眼盲，反正我们也在黑暗中，我们也看不见。"

没有回答。

"在这里，我们无法伤你，也无法杀死你，你究竟怕什么？"

"我一点也不怕。"黑暗中那声音说道。接着，借由格得巫杖偶尔附着的光亮，一点一点接连起来，隐约可以瞧见一个男人站在格得与亚刃上游处的那些石砾的阴影之间。这人个子很高，肩方臂长，与沙丘丘顶及偕勒多岛海滩所见的人影相仿，但比较老。他的头发是白的，厚厚地覆盖着他的高额头。他在这个死亡国度以灵体现身，没被龙火烧焦，也没残废——但也并非完整：他的眼窝是空的。

"我一点也不怕，"他说道，"死人要怕什么？"他笑起来，那笑声在群山间的石砾狭谷回荡不已，十分虚假可怖，使亚刃暂时停止呼吸，但他抓着剑，聆听下文。

“我不知道死人要怕什么，”格得回答，“一定不怕死吧？但好像你怕死呢——所以你找了一个躲避它的办法。”

“没错。所以我才活着：我的身体活着。”

“但活得不太好，”法师挖苦道，“幻象可能隐藏年龄。不过，奥姆安霸对待那身体倒不怎么仁慈咧。”

“我可以修补呀。我知道治疗的秘密，也知道恢复年轻的诀窍，那不仅是幻象而已。你当我是什么？就因为别人称呼你大法师，你就把我当村野术士啦？举世所有法师当中，我是唯一发现‘永生之道’的人，从没半个人发现！”

“或许是因为我们没去寻找。”格得说。

“你们找过了，你们全都找寻过，但没人找着，所以才编些聪明字眼，勉强说明生死之间的‘接纳’‘平衡’‘均衡’等。但它们只是字眼，用来掩盖失败的谎言，用来掩盖你们对死亡的恐惧！若有可能，一个人怎会不希望永生？而我能永生，我是不死的。我做到你们都做不到的事，所以我是你们的师父，你明明知道这一点。想不想知道我是怎么办到的，大法师？”

“想。”

喀布靠近一步，亚刃注意到，这人虽然没有眼睛，动作倒不像个盲人，他好像知道格得与亚刃站立的确切位置，而且虽然好像没转头看亚刃，却能同时觉察两人的位置。他可能仍具备一些巫术的“代眼”，好比那些“信使”与“显像”所拥有的听力与视力，虽然或许不是真视力，但多少赋予他觉察力。

“我在帕恩岛时，技艺在你之下，”他对格得说，“当时你处于全盛期，以为教我学到了谦卑的一课。啊，你确实教了我一课，但却不是你最初预期的那样！我当时对自己说：现在我见识了死亡，但我决定不接受它。让愚蠢的‘自然’继续它愚蠢的法则吧，但我是人，优于自然，胜于自然。我不遵循那条自然过程，我决不止于做我自己！有了这个决心之后，我再把《帕恩术典》找来研究，但关于我想要的东西，那里面只有一些暗示或浅薄知识，所以我不管那些东西，自己重新编造，结果编成一套新法术——有史以来最高超的法术，最高超，也是最终极的！”

“就在施展那项法术时，你死了。”

“对！我死了。我有勇气赴死，去找寻你们这些懦夫不曾找到的，死里复生的途径。我开启了自有时间以来一直紧闭的那扇门，所以我现在才能自由来到这里，也能自由返回生界。而且我打开的那扇门，不仅在这里开启而已，也在生者的心中开启——在他们存在的深处与不知名处开启，在那里，我们是同处黑暗的一体。这点他们都明白，所以才来找我。而亡者也一定会来找我。不论是生是死，他们都会找我，因为我还没丧失生界的魔法技艺。所以，只要我下令，管他是亡魂、王爷、法师、傲妇，都必定遵令跨越那道石墙。想来往生死两界，就得遵从我的指挥。每个人不论死活，都要找我——一个死去但活着的人！”

“他们去哪里找你，喀布？你平常都在什么地方？”

“在两界之间。”

“可是那里既非生，亦非死。生命究竟是什么，喀布？”

“权力。”

“爱是什么？”

“权力。”那个盲者弓起肩膀，厉声重复道。

“光明是什么？”

“黑暗！”

“你的名字叫什么？”

“我没名字。”

“这块地域内的一切，都有真名。”

“那么，把你的真名告诉我！”

“我叫格得，你呢？”

盲者犹疑了一下，说：“喀布。”

“那是你的通名，不是你的真名。你到底叫什么名字？你的‘真实’何在？是不是遗留在你死去的帕恩岛了？看来你遗忘了不少事。啊，两界之王，你已经忘了光明、忘了爱，也忘了自己的名字。”

“我已经知道你的名字，就拥有凌驾你的权力。大法师格得，‘在世期间忝任大法师’的格得！”

“我的名字对你没有用处，”格得说，“你根本没有力量凌驾我。我的身体正躺在偕勒多的沙滩上、在阳光下、在运转中的地表上。等那个身体死了，我会来这里——但仅是名义上来，只有名义、影子。你不明白吗？你由冥界召集那么多影子，你把横死的所有东主唤齐了——连最智慧的巫师，我的大师厄瑞亚拜，也不放过。干了这么多好事，你难道一直不明白吗？即便是他，也不过是个影子、是个名字而已。他的死并没有取消‘生命’，也没有取消‘他’。他在那边——在那边，不在这边！这边除了尘土与影子以外，一无所有。在那边，他是土地，是阳光，是树叶，是鹰扬。他活着，所有曾经死亡的都活着。他们重生了，而且没有终结——永远不会终结。所有人都是这样，除了你。因为你不肯死，你为了挽救自己而丧失死亡、丧失生命。为了你自己！你不朽的自我！那不朽的自我是什么？你是什么人？”

“我是我自己。我的身体永不毁坏或死去——”

“活着的身体会痛苦，喀布；活着的身体会变老，会死亡。死亡是我们为自己的生命、为全体生命支付的代价。”

“我不用支付那种代价！我可以死去，但死去之时又复活了！我不可能被杀死，我是永生不死的。只有我一个人永远是我自己，永远是！”

“这么说，你是什么？”

“永生者。”

“讲出你的名字。”

“永世王。”

“讲出我的名字。我一分钟前告诉过你了，讲出我的名字！”

“你不是真的。你没有名字，只有我存在。”

“你存在，却没有名字，没有形式。你无法看到白日天光；你无法看见黑暗。为了挽救你自己，你出卖绿色的土地、金色的太阳与闪烁的星星。但你没有自我。你出卖的那一切，才是你自己。你徒然付出了一切，却只获得空无。你现在拼命把世界拉向你，包括已失去的光明和生命，以便填补你的空无，但那是填不满的。就算找来全地海的歌谣，找来全天空的星星，也填补不了你的空虚。”

在群峰之下这块冰冷的谷地，格得的声音振荡如铁，吓得那位盲者瑟缩倒退，他抬脸时，些微星光照在他脸上，样子仿佛在哭泣，但他没有眼睛可以落泪。他的嘴巴张开又合上，一团黑里没有跑出任何话语，仅有痛苦呻吟。他最后总算说出一个词，用他那扭曲的嘴唇做出了一个形状，而那个词就是："生命"。

"喀布，假如可能，我愿意给你生命，可惜我没办法，你毕竟是死的。不过，我可以给你死亡。"

"不要！"盲者大叫出声，之后又连声说，"不要，不要。"并伏地抽泣，只不过他的脸颊与石砾河床一样干枯，只有夜色，没有水流，"你没办法。不可能有人解放我。我开启两界之间的门，结果关不上。没有人能把它关上。它永远不会合上了。但它有拉力，会拉我过去，我非回去不可。我必须穿过它，再回到这里，涉身尘土、冰冷与静默。它一直吸我，一直吸我，我既不能丢下它不管，也关不上它。到最后，它会把世界的光明吸尽。全世界的河流都会变得像这条旱溪。无论什么地方都不会有哪种力量可以关上我开启的那扇门！"

很奇怪，他的话语及声音，融合了认命与报复、畏怖与自傲。

格得只说："那扇门在哪里？"

"那个方向，不远。你可以去，但你做不了什么。你关不上它，就算你集中全部力量于一次行动，也还是不够。没有什么是足够的。"

"说不定足够。"格得回答，"尽管你选择认命，但要记住，我们还没尝试。带我们去吧。"

盲者抬起面孔，惊惧与仇恨的挣扎明显可见。最后，仇恨占了上风。“我不带路。”他说。

听了这话，亚刃跨前一步，说：“你要带路。”

盲眼者僵持不动，这个死域的冰冷寂静与黑暗包围着他们，包围着他们的话语。

“你是什么人？”

“我名叫黎白南。”

格得说了：“你这个自称为王的人，可晓得这位是什么人？”

喀布起先依旧僵持不动，不一会儿，便有点喘息地说：“可是，他已经死了呀——你们都死了，回不去了。没有路可以出去，你们被卡在这里了！”说着，原本的微光渐逝，他们听见他在黑暗中转身离开，快速步入黑暗。“大师，快给我光亮！”亚刃高喊，格得于是将巫杖高举到头顶上方，让白光划破既有的黑暗，照亮岩石与黑影。在众多黑影中，可以看见盲者高大驼背的形影夹在其间，迅速闪避，向上游走去。他虽然看不见，奇特的步伐却毫不踌躇。亚刃手中执剑，紧随其后。格得则紧随亚刃之后。

不久，亚刃便超前他同伴很远，四周光线非常微弱，因为光线大都被砾石与河床弯道隐去了。不过，喀布前进的声音以及他依然走在前面的直觉，已足够指引。路径变陡时，亚刃也逐渐靠近。他们正攀爬一个两侧岩石挟挤的峡谷。这条愈近河源，河床愈窄的旱溪，在峭岸间蜿蜒。石砾在他们脚下啪嗒响，也在他们两手之下啪嗒响——因为他们非攀爬不可。亚刃觉察出河岸最后一个窄口到了，便向前扑倒喀布，捉住他的手臂，迫使他停步。现场有点像石砾凹盆，宽仅五六尺，要是有河水流聚至此，很可能变成一方池塘。凹盆上方是岩石与熔岩构成的巅危悬崖。悬崖之中有个黑洞——是“旱溪”的源头。

喀布没有试图逃脱。格得靠近时，他正转身面向亚刃，那张没有眼睛的面孔被光亮照得清清楚楚。“这里就是那地方，”他终于这么说，一种像是微笑的表情，在他的唇际成形，“这里就是你们要找的地方。看见了吗？到那里面就可以获得重生，只要跟随我就行。你会永生不死，届时我们将一起当王。”

亚刃注视那个干枯的幽暗源头，那个尘土之口，那个亡魂爬着进入地底黑暗再生为“死者”的地方。它看起来那么令他嫌恶，以至于他得拼命压抑欲呕的感受，才能以严厉的声调说：“让它合上！”

“它终归要合上。”格得来到亚刃身旁说道。这时他两手和脸孔都炯炯发光，仿佛他是一颗星，落入这无尽的黑夜。在他面前，那个干涸源头、那扇两界之门大开。它看起来空荡宽阔，至于深浅如何，无从得知。只晓得里面没有东西可以让光亮投射、让眼睛看见。它是个空渊，既没有光明或黑暗穿过，也没有生命或死亡进出。什么东西也没有，只是一条哪里都到不了的路径。

格得高举两手施法。

亚刃依旧抓着喀布的手臂，这个盲者另一只可以自由动作的手抵着崖壁岩石，两人都被法术的力量镇服，动弹不得。

格得用尽毕生训练所得的技艺，使尽多年积攒的猛锐心力，奋力合上那扇门，使天下再度整合。在他的法力之声及塑形之手的指挥下，岩石痛苦地慢慢相会，努力合并为完整。可是，正当慢慢合拢的同时，现场那道强光却减弱再减弱，格得两手和脸孔的光亮渐消，紫杉巫杖的光亮也渐逝，最后只剩一小抹微光附着。借由那抹淡淡微光，亚刃看见那扇门几乎合上了。

亚刃压制着的那盲者感觉到岩石在动，觉察到它们在渐渐并拢，也感受到巫艺力量正慢慢松弛，渐渐耗尽、用完——他突然大叫一声："不！"同时挣脱亚刃的掌握，一扑向前，捉住格得——他尽管眼盲，却非常有力。他用全身的重量把格得压倒在地，双掌合力扼住格得的喉咙，想使他窒息。

亚刃高举那把"瑟利耳之剑"，用力把刀锋刺进那头密发底下弯曲的颈背。

活灵在冥界是有重量的，而那把宝剑的影子也有锋利的刀缘。刀锋刺出一个大伤口，割断喀布的脊骨。宝剑自己的亮光，照见大量黑血涌出。

可是，拼命杀掉"死人"是徒劳的。而喀布是死人，死去多年。所以伤口吞下黑血，又复合了。盲者站起身来，高头大马，挥舞长臂意欲攻击亚刃，他的面孔因愤怒及怨恨而扭曲，仿佛到现在他才明白真正的敌人及对手是谁。

最恐怖的是目睹致命剑伤的复合，那种“没能力死”的情况比任何垂死都骇人。一股嫌恶的怒气充塞亚刃的内心，那是一股发狂般的暴怒，促使他挥舞宝剑再刺下强力的一击。喀布头壳裂开，满脸污血，但亚刃不让伤口复合，紧接着再刺一刀，一直刺到他死去……

一旁的格得挣扎着跪立起来，念了短短几个音。

亚刃立刻住手，仿佛有只手抓住了他握剑的手。刚要起身的盲者也完全被镇住不能动弹。格得有点摇晃地站起来，等他终于站直时，走去面向悬崖。

“愿汝完好！”他声音清晰，讲完，举起巫杖，在岩石门上用火光线条画出一个形状：是“亚格南符”——“终结符文”。那是修补道路、画在棺盖上的专用符文。这样一来，河床石砾之间便完全没有缝隙或空洞。那扇门合上了。

整个旱域在他们三人脚下震动。在头顶那片永远不变的单调天空中，一道长长的闪电划过，而后消失。

“借由‘不到时间尽头不会有人说出口的话’，吾召唤汝。借由‘创造万物时所讲的话’，吾释放汝。自由地去吧！”格得欠身，在双膝跪地的盲者耳边、在那些缠结的白发底下，小声对他说话。

喀布站起来，先慢慢用看得见的双眼四顾，再看看亚刃，然后看格得。他没有说话，只用深黑的双眼凝视他们。他的面容已经没有一丝愤怒、怨恨、悲凄。他慢慢转身，沿着旱溪河床走去，不久就看不见了。

格得那支紫杉巫杖已完全没有光亮，脸上也全然无光。他站在黑暗中，亚刃走过来时，他抓着年轻人的臂膀，稳住自己。一阵无泪的抽咽撼动全身。“完成了，”他说，“全部完成了。”

“是完成了，亲爱的大师。我们得走了。”

“是，我们得回家了。”

格得宛如一个惶惑无措或气衰力竭的人，尾随亚刃走下河道，在岩石与熔渣之间磕磕绊绊，吃力前行。亚刃陪他。等到旱溪河岸较矮，地面也较平缓时，他转身朝向来时那道漫长、无形、直通黑域的斜坡。接着，他转向了。

格得没有说话。等他们一暂停，他顿时跌坐在熔岩渣地面上，疲惫不堪，头也垂了下去。

亚刃知道他们来时的路已经封闭，所以只能继续往前走，必须一直走。“即便太远，也还不够远。”他心想，仰头望去，黑色山巅寒寂地背衬着不动的星星，叫人害怕。他心中再度出现那个讥讽的、挖苦的声音，正毫不留情地说：“你要半途停下来吗，黎白南？”

他走向格得，非常柔和地说：“大师，我们必须继续走。”

格得没说什么，但站了起来。

“我想，我们得横越这座山脉。”

“照你决定的道路走吧，孩子。”格得哑着嗓子小声说，“扶扶我。”

两人自泥土及熔渣的斜坡起步，开始往山上爬。亚刃尽可能拉扶同伴。这片群峰夹峙的深谷及峡谷，一片漆黑，所以他得在前头摸路，与此同时要搀扶格得，实在困难。而光是步行，便已十分难行，等到斜坡渐陡，必须手脚并用地攀爬时，困难更是加倍。这里的岩石粗糙，像铸铁般灼手，又冷，而且随着他们爬得越高，四周就越冷。手脚接触这里的地面，苦不堪言，宛如接触烧烫的煤，宛如山脉内部有烈火燃烧。但空气一直很冷，而且黑暗。四野无风，寂静无声。尖锐的岩砾在双手双脚的重压下裂开滑走。幽黑险峭的山脊与山隙在他们面前向上展开，也向两侧伸入黑暗。后方和底下，那个亡魂国度已消失不见。前面和上方，石垒背衬星星矗立山巅。整片黑压压的群山，不管它有多长多宽，只有这两个尘世灵魂在移动。

疲乏无力的格得，老是绊倒或踩空，他呼吸越来越沉重，两手按压岩砾时，就痛得喘息吸气。亚刃耳闻法师哀吁，心疼如绞，一直努力不让他跌倒。但这条路常常窄得没办法并肩同行，亚刃总要在前头先找到踩脚的位置。最后，爬到一处直逼星辰的高坡时，格得滑了一跤，向前扑倒，爬不起来了。

“大师，”亚刃在他身旁跪下，呼唤他的真名，“格得。”

格得没有动弹，也没有回答。

亚刃两手扶他起来，背着他爬上这段高坡。爬到尽头时，前方有好长一段平坦的路面。亚刃把重负放下，自己在他身旁卧倒，气衰力竭，既痛苦又绝望。这里是两座黑色山巅中间的隘道顶部，也是他一直拼命要攀爬的目标。这是隘道，也是尽头，前方没有路了：平地的尽头，就是悬崖边缘。而悬崖再过去，是无边的黑暗。不闪的繁星高挂在天空的黑渊中。

耐力可能比希望撑得久。亚刃一待有力气爬动，便狠命向前爬，去察看前头那块黑暗边缘。离悬崖底下仅一点距离之处，他看见象牙色的沙滩。白色间杂黄褐色的海浪卷上沙滩后，碎为泡沫。越过海面，则见太阳在金色暮霭中下沉。

亚刃重返黑域，全力搀扶格得起来。两人一起奋力前进，直到他再也走不动为止。至此，一切告终，包括口渴、疼痛、黑暗、阳光雨澎湃的汪洋之声，尽皆不存。

第十三章

苦楚石

THE STONE OF PAIN

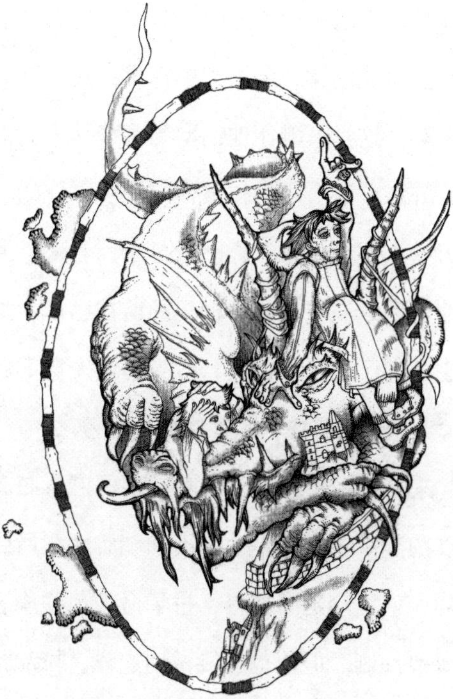

亚刃苏醒时，灰茫茫的浓雾隐去海洋，也隐去偕勒多岛的沙丘与山峰。海浪宛若闷雷，由浓雾中释出，转眼再呢喃着退回浓雾中。由于涨潮，这片海滩比他们刚到时窄得多。浪峰的泡沫线涌上来舔着俯卧在沙滩上的格得横伸的左手，他的衣服与头发全浸湿了，亚刃的衣服则像冰一样贴着身子，看来，海水至少曾一度打上来把他们两人濡湿。喀布横尸的所在已了无痕迹，他可能已被海浪卷进海洋了。亚刃回头，看见奥姆安霸那副巨大暗沉的铁灰色身躯，庞然倒卧雾中，状似倾颓的塔楼。

亚刃站起来，不但冷得全身哆嗦，还僵麻晕眩，几乎无法立定，有如醉汉踉跄——大概是动也不动躺卧太久所致。他一等四肢能操控自如，便立刻走向格得，拼了命把他往岸上拉一点，免得他继续受海浪冲刷。但他也只能做到这样。拉动格得时，他感觉格得的身躯异常冰冷沉重，如此看来，他背负格得跨越生死两域的界限，恐怕是徒劳了。他把耳朵凑到格得胸前，可是由于无法抑制自己四肢的颤抖及牙齿对碰的咯咯响声，根本无法细听格得的心跳。他只好站起来，设法踏步，替两腿取点暖。最后才像个老头似的，发抖着拖曳两腿，四处去寻找他们的背包。他们的背包扔在一条由山脊流下来的溪涧旁。那是很久之前，他们刚到那间龙骨搭盖的小屋时抛置的。他这时想找的，就是那条山涧，因为现在除了水——可以喝的淡水以外，他什么也想不到。

出乎意料的是，他很快看到了溪涧。它仿佛从天而降，曲曲弯弯如同银树，一直蜿蜒到海边。他扑通跪下，大口喝起来。脸孔和两手都浸入这山涧溪水中，把清水吸入他的嘴巴与心灵。

他终于喝完站起来时，他惊讶地看到，远远的对岸有条巨龙。

巨龙的龙头正好与他面对面——几乎就在他头顶上。龙头是铁矿色，鼻孔、眼窝与下颚夹杂宛如铁锈的红色，龙爪深埋岸边的柔软湿沙中，收折的两翼依稀可见，看起来像船帆，但深色的躯干被浓雾隐去。

它纹风不动，可能已蹲坐在那里几个时辰，或几年，或几世纪了。它像是铁镂石雕之作，而亚刃所不敢直视的那对眼睛，像是水面漂浮的油圈，也像是玻璃后面的黄烟。那双不透明、深邃的黄眼睛正望着亚刃。

亚刃没别的办法，只得站起来。要是这只龙想杀他，它自然会杀；要是不杀，他就要设法救格得——如果能救得回来。他站起来，开始沿溪涧上行，寻找他们的背包。

那只龙没有任何行动，依旧纹风不动地蹲坐并观看。亚刃找到背包，把皮制水袋都装满溪水，转身横越沙地，朝格得走。刚走没几步，龙便消失在浓雾中不见了。

他让格得喝水，但摇不醒他。他松垮冰冷地躺着，头部沉沉地垂在亚刃的臂弯中，黝黑的脸庞槁灰如土，鼻子、颧骨与老疤显得特别突兀。连身子看起来也是瘦而焦黑，有如烧去一半。

亚刃坐在湿地上，同伴的头靠着他的膝盖。浓雾在他们四周打造一股迷茫柔和的气氛，头顶上方更是加倍柔和。浓雾中的某处横着奥姆安霸的死尸，而小溪边有一条活龙窥伺着。横越偕勒多岛的某处，小船“瞻远”停在另一处海滩上，船内完全没有粮食。然后是大海，向东。距离西陲任何一块陆地都要三百里，距离内极海则有一千里，路程遥远。英拉德岛的人习惯说“远得有如偕勒多岛”；家乡人对孩子说故事、讲神话时，开头总是：“如同‘永远’那么悠久以前，如同偕勒多岛那么遥远的地方，住着一位王子……”

他就是王子。不过，在诸多古老的故事中，那是开头；而眼前这一切，则是终结。

他倒没有意志消沉，只是太疲乏了，而且为他同伴悲伤。他一点也不感到苦涩或懊悔，只不过再也没什么他能做的事了。已经全部做完。

他心想，等他力气恢复时，他要用背包中的钓线去试试海钓。因为口渴解决之后，他开始感到饥饿。可是食物早已吃完，只剩一袋硬面包。他要留着，用水濡湿软化之后，可以喂格得吃一些。

现在就只剩这点事好做了。此外他再看不出什么可做，浓雾仍在四周包围。

他与格得抱成一团坐在雾里时，随手摸摸口袋，想看看有没有什么东西可用。上衣口袋里有个坚硬锐利的东西。他拿出来一看，大惑不解。那是一颗小石子，黑色、坚硬、有透气小孔。他差点把它扔了，但又握在手中，感觉它的边缘，粗糙灼热；再掂掂重量，终于晓得它是什么：苦楚山脉的一颗小石子。大概是爬山或与格得翻越隘道山脊时掉进口袋的。此时握在手中：好个不变不易之物，好颗苦楚石。亚刃合起手掌握紧，居然微笑起来，那是兼含沉郁及欢欣的微笑。终于，在世界的这个尽头，生平第一次体会到胜利——而且是独自一人，未蒙夸赞。

雾霭趋薄，飘动起来。透过薄雾，他看见开阔海的远方有了阳光。由于雾气遮掩，沙丘及山峰不断变化，时而黯然失色，时而变形扩大。阳光照射奥姆安霸的尸首，真是壮烈不凡之死。

那只铁黑色的巨龙仍在溪对岸那里端坐，纹风未动。

中午过后，太阳变得清朗燠热起来，把空中最后一抹雾气烘干。亚刃摊开湿衣晒干，全身光溜溜，只佩挂宝剑及剑套。他同样曝晒格得的衣物。阳光的热量投射在格得的身体上，该有治疗安定的作用，但格得依旧躺着没动。

忽然有个宛若金属相碰，又像是刀剑交错的刮擦声——原来，那条龙伸直盘曲的脚，站了起来。它越过小溪，狭长身躯在这一岸的沙地拖行时，轻轻发出吁嘶的鼻息声。亚刃清楚地看见它肩窝部位的皱纹，与侧腹伤痕累累的鳞甲——如同厄瑞亚拜那破损的盔甲，此外长长的牙齿也已发黄、磨钝。根据这些，以及它富于自信和气度的动作，还有它凝练骇人的沉静，亚刃看出它的年龄：高寿，高得超乎记忆能及。所以，它在距离格得躺卧处仅几寸的地方停下来时，亚刃在两者之间站稳，开口用地海赫语问——因为他不会说太古语：“汝系凯拉辛？”

那龙没说什么，但好像在微笑。然后，它把巨头放低，拉长脖子，俯视格得，并叫格得的名字。

它的声音很大，但柔和，而且有股铁匠熔炉的气味。

它又叫一次名字，再叫一次。叫第三次时，格得张开眼睛。好半晌之后，他挣扎着要坐起来，却坐不起来，亚刃跪在他身边撑起他。“凯拉辛，”他说，“散法尼赛恩·亚·柔克？”讲完，他半点力气也不剩，把头倚在亚刃肩膀，闭上眼睛。

龙没回答，依旧像先前一样蹲坐，纹风不动。雾又来了，笼罩落日。

亚刃穿上衣服，用斗篷把格得包裹严实。已退的潮水转回来，亚刃想把同伴抱到沙丘比较干爽之处，因为他感觉自己的力气已渐渐恢复。

但他弯腰想抱起格得时，那龙伸出一只鳞甲巨足，几乎碰到他。那只脚有四爪，像公鸡的脚爪后面有肉距一样，这只龙也有，但它的是“钢距”，并且锋利得像镰刀刀片。

“叟比欧斯。”龙说道，宛如正月寒风吹拂冻结的芦苇。

“放过我大师吧。他救了我们大家，结果耗尽自己的力量，可能连性命也赔上了。放了他吧！”

亚刃半是凶暴、半是命令地这么说，实在是因为他畏怖恐惧过头了。长久以来，他一直满怀恐惧，早就不适到了极点。这只龙的庞大体型及雄厚力量代表“蛮狠与不公平”的优势，让亚刃愤愤不平。他现在已经目睹过死亡，也品尝过死亡，再也没有什么威胁与力量能逼迫他了。

老龙凯拉辛睁着狭长恐怖的金黄眼睛端详他，在那只眼睛的深邃之中，自有岁月之外的岁月——连天地创始的黎明曙光都深刻在里面。虽然亚刃没有望进那只眼睛，但他晓得那只眼睛正用深奥又略带嬉逗的神色看着他。

“阿兀·叟比欧斯。”那只龙说着，锈红色的鼻孔扩掀，可以望见里面深埋及压抑着的熊熊火光。

亚刃的手臂本来扶持着格得的肩膀，准备背他，凯拉辛的动作让他暂止。这会儿，他感觉格得的头略微转动，并听见格得出声说:“他意思是说，爬上背来。”

亚刃呆了一呆。这可太荒唐了。不过他却见那只有爪的巨足摆在他面前，状如阶梯，足爪的上一层是弯曲的肘关节，再上两层是突出的肩膀，以及肩胛骨延展出来的多肉翅膀。全部合成一道四级阶梯。而且，翅膀与第一座坚铁般的大脊刺前面，也就是颈背窝的地方，可容一两人跨骑——假如这一两人已经发疯，又没别的希望，只好荒唐一下，要跨骑倒是刚好。

“上来吧！”凯拉辛用“创生语”说。

亚刃于是站好，也帮忙同伴站好。格得把头挺直，并在亚刃的导引下，登上那几级奇特的阶梯。两人在龙颈背的粗鳞甲之上跨骑坐好，亚刃坐后面，准备必要时扶持格得。他们触及巨龙鳞甲下的皮肤，感到一股温热，一股仿佛日温的可喜热度，那是“生命”在铁甲底下燃烧。

亚刃看见法师那支紫杉巫杖遗留在海岸，半埋沙中。海水悄悄掩来，要将它带走。亚刃想下去拿，被格得制止：“别管它了，黎白南。我在干涸泉源那里已经耗尽全部巫力，现在已经不是巫师了。”

凯拉辛转头，斜眼瞧这两人，眼里有份亘古的笑意。凯拉辛到底是雄是雌，难以分辨；凯拉辛到底在想什么，也无法得悉。它的翅膀慢慢举起，张开。这对翅膀不像奥姆安霸的金色翅膀，而是红的，深红，那种沉暗的深红，像铁锈，或血液，或洛拔纳瑞的枣红丝。巨龙小心地扬起翅膀，以免把虚弱的乘客翻下座位，然后小心以后腿立起半身，接着以猫一般的动作跃入空中，翅翼向下一拨，就把两名乘客载到飘浮于偕勒多岛的浓雾之上了。

暮色中，凯拉辛划动那对暗红色的翅膀，飞越开阔海上空，转向东方飞去。

仲夏那几天，乌里岛有人看见一只巨龙低空飞过。接着，在乌西翟洛岛和昂图哥岛北方，也有人看见一只巨龙。西陲人普遍怕龙，因为他们对龙太了解了，不过，等这只巨龙飞走之后，看见的村民纷纷从躲藏处跑出来，说：“我们以为龙全死了，但它们还没全死。或许巫师也还没全死。看那只巨龙翱翔的姿态，那么壮阔雄伟，说不定是那只‘至寿龙’。”

凯拉辛究竟在哪里着陆，没人看见。那些遥远的岛屿，岛上森林旷野鲜有人至，就算有龙下降着陆，恐怕也无人瞧见。

可是，九十屿却出现一阵杂沓扰攘。男人拼命在众多小岛屿间划船西行，争相告知：“躲起来！藏起来！蟠多岛那只龙打破自己的承诺！大法师死了，那只龙又回来抢劫吞人啦！”

那只铁黑色的巨虫没有着陆，没有俯瞰，它飞越这些小岛屿、小村镇、小农场的上空，而且纡尊降贵，连一小团火焰也没喷出口。就这样，飞越吉斯岛、瑟得岛，横越内极海。柔克岛终于在望了。

人类记忆中从不曾——即使是传说中也几乎不曾——有那么一只龙，一点也不把防护周全的柔克岛那些有形无形的护墙当回事。但这条龙就是毫无犹疑地鼓动沉重巨翅，直接飞越柔克岛的西部海岸，飞越村庄和田野，直奔耸立于绥尔镇的那座绿色山丘。直到飞抵，才终于徐缓俯飞着陆，扬扬红翼之后收拢，蹲坐在柔克圆丘的丘顶上。

男孩们跑出宏轩馆——没什么事挡得了他们。但他们尽管年少矫捷，还是比不上众师父，依旧比师父慢了一步才抵达圆丘。他们到时，从心成林来的形意师父已在现场，淡金色的头发在阳光中闪耀。同在的还有变换师父，他两天前返回柔克，当时是大海鹦的形状，羽翼受伤，十分疲惫。由于变形持续过久，已被自己的法术定在形状中，一直到那特别的夜晚，“均衡”恢复，

“损毁”重合的夜晚，他进了心成林，才回复自己的原形。召唤师父刚下病床仅一日，依旧虚弱憔悴，但也来了。站他旁边的是守门师父。“智者之岛”的其余师父，也都在场。

他们都看见两位乘客，一个协助另一个，先后爬下龙背。他们看见两人环顾四周的神情，是一种奇妙的满足、坚定与惊叹。他们自龙背爬下来，在它旁边立定。那龙一直像磐石般蹲坐着，大法师对它说话，以及它简短回答时，才见它略微偏头。在场旁观的人都见到那只黄眼睛的瞟视模样，幽冷但充满笑意。听得懂龙语的人听见那只龙说：“吾已将少王带返其国度，也携老者重返其家。”

“凯拉辛，尚差些微距离，”格得回答，“吾尚未返回该去之处。”他俯瞰阳光下的宏轩馆屋顶与塔楼时，仿佛也带着点微笑。接着，他转身向亚刃。

亚刃站在那儿，是个衣着褴褛的瘦高个儿。由于两腿长时间跨骑，已经感到疲倦，加上所经历之事尚令他惶惑迷惘，故而未能完全站稳脚跟。

须发已灰白的格得在众目睽睽之下，当场对亚刃双膝下跪并俯首。

然后，他站起来，在年轻人颊上亲吻，说：“吾王，挚爱的伙伴，你到黑弗诺登基为王后，愿国土在你统理下长治久安。”

他再看看众师父、年少的巫师、学徒，与聚集在圆丘山脚及斜坡上的镇民，面容平静，双目之内有一份类似凯拉辛双眼所含的笑意。

他转身背向大家，再次借由巨龙的脚和肩爬上龙背，在隆起的两翼间那个没有缰绳的位置安然坐下。红色的翅膀发出有如击鼓的拍打声，寿龙凯拉辛跃入空中。火焰由巨龙两颌间的烟气中喷射而出，雷霆风暴般的巨响随着翅膀的拍打传送而出。它先就着山丘了绕一圈，即朝东北方向飞去。地海东北四分之一的海域中，耸立着弓忒山岛。

守门师父微笑道："他已完成愿行，返家去也。"

众人目送那条巨龙在阳光与大海间飞翔，直到他们消失于视线中。

歌谣《格得行谊》中说，"诸岛之王"在世界中心黑弗诺的"古剑之塔"加冕时，曾任大法师的格得也到场了。歌谣说，加冕典礼结束，庆祝活动开始时，他便告别众人，独自步向黑弗诺港。港口有条小船，她历经岁月风霜，已甚残旧。船上无帆，且空无什物。格得用船名"瞻远"呼唤她，她就漂过来。格得背对陆地，由码头登船。那船在无风无帆无桨的状况下启动。她载着他离开港口与泊口，穿行各岛，跨海西去，再也无人知晓他的下落。

可是，弓忒岛民的传说有异。当地人说，是少王黎白南亲至岛上寻访格得，请他光临加冕典礼，但少王未在弓忒港或锐亚白镇找到他。无人能明确说出他究竟何在，只知他徒步上山，寄身林间。大家说，他常一去数月不返，无人知他独行路径。有人自告奋勇欲去寻他，但被少王制止，说：“他统治的王国，比我的王国深广。”于是，少王离开那山区，乘船返回黑弗诺接受加冕。

图书在版编目（CIP）数据

地海传奇3：地海彼岸 / (美) 勒古恩 (Le Guin,U.K.) 著；蔡美玲译. -- 南京：江苏文艺出版社, 2013.10（2023.12重印）
（读客全球顶级畅销小说文库）
ISBN 978-7-5399-6586-4

Ⅰ.①地… Ⅱ.①勒… ②蔡… Ⅲ.①长篇小说－美国－现代 Ⅳ.①I712.45

中国版本图书馆CIP数据核字 (2013) 第 227416 号

地海传奇3：地海彼岸

[美] 厄休拉·勒古恩 著　　蔡美玲 译

责任编辑	丁小卉
特约编辑	曲文迪　孟汇一
封面设计	陈　昭
责任印制	刘　巍
出版发行	江苏凤凰文艺出版社
	南京市中央路 165 号，邮编：210009
网　址	http://www.jswenyi.com
印　刷	三河市龙大印装有限公司
开　本	890毫米×1270毫米 1/32
印　张	9
字　数	151千字
版　次	2013 年 11 月第 1 版
印　次	2023 年 12 月第 16 次印刷
标准书号	ISBN 978-7-5399-6586-4
定　价	39.90 元

江苏凤凰文艺版图书凡印刷、装订错误，可向出版社调换，联系电话：010-87681002。